天切り松 闇がたり
第五巻

ライムライト

浅田次郎

集英社文庫

目次

天切り松　闇がたり　第五巻

ライムライト

第一夜

男《おとこ》意気《いき》初春《はるの》義理事《とむらい》

警察官になったからには、世間なみの正月など過ごせるわけはないと覚悟していたものの、見附《みつけ》の交番《ハコ》で年を越すくらいなら、明治神宮か日枝《ひえ》神社の警備についたほうがよほどましだった。

そのうえ相方は三月に定年となる巡査長で、いかにもこれが仕事納めだとばかりに、無駄口ひとつ叩《たた》かない。こちらから話しかけようにも、父親より一回りも齢上《としうえ》だと思えば、気の利いた話題も見つからなかった。

交番の外に立つと、靴の裏から氷点下の冷気が這《は》い上がってきた。防寒コートの肩をすくめ、若い巡査は足踏みを始めた。

もうじき年を越えるというこの時刻になって、赤坂の町のパトロールに出るというのは見上げたものだとは思うが、その間おまえは交番の外で周囲の警戒をせよと巡査長は命じた。

はいはい、言われたことはやりますけどね、これってイヤガラセじゃねえの。寒い眠いはともかくとしても、友達や知り合いが通りかかったらどうするんだ。

若い巡査は白い息を吐きながら、見附の交叉点を囲むホテルの窓を見上げた。通りを隔ててひとつ、高架線の向こう側にふたつ。ほとんどの部屋に灯りがついているのは珍しい。

ホテルで年を越すやつらって、誰よ。おせちも雑煮も出るらしいけど、目の玉の飛び出るくらい金がかかるらしい。要するに、よっぽど面倒くさがりの金持ちが、これだけいるってこと。

それにしても暇な晩だ。当たり前だよな、大晦日《おおみそか》だもの。生き字引の巡査長が言うには、地下鉄の駅があちこちにできてから、赤坂見附で降りる初詣客は少なくなったらしい。そりゃそうだろう。山の上にある日枝神社には、赤坂からだと長い石段を昇らなければならないが、溜池山王《ためいけさんのう》で降りればエスカレーターが使える。だとすると、ときおり交番の前を通るアベックや家族連れは、ホテルから山王様に詣でる大金持ちってわけか。人生その上はそうそうないと思うけど、いったい何の願掛けするんだよ。この幸せがいつまでも続きますように、だってか。欲張りだぜ、おまえら。

足踏みをしながら、そんなことをあれやこれやと考える若い巡査に、綿入れ半纏《ばんてん》を着た老人が近寄ってきた。

まるで闇の中から湧いて出たような唐突さだった。

「おう、若え衆《わけし》。年越しのハコ番たァご苦労だな」

酔っ払いか。小さな老人は毛糸の帽子を冠《かぶ》った額に手庇《てびさし》をかざして、巡査の顔を見上げた。

「見かけねえ顔だ。さては赤坂署の新顔《アラメン》が、ふて腐っていやあがるか。あいにくだが、とうの昔から大晦日のハコ番は新米巡査ときまっている。お定めごとなら仕方あるめえ。寒そうにするのはみっともねえぞ」

しっかりとした口ぶりからすると、どうやら酔ってはいないらしい。それが面と向かって説教を垂れるとは、もしやOBではなかろうかと巡査は考えた。

たとえば――パトロールに出ている巡査長が新米のころ、赤坂署のやかましい大先輩だったというのはどうよ。もしくはこの界隈《かいわい》の町内会長かご意見番か何かで、署内にえらく顔の利くじいさんかもしれない。いずれにせよこの馴《な》れなれしさはまんざら他人とも思えないから、ここは丁寧に応対しておくのが無難だな。

巡査はかじかんだ頰を無理に緩めて、にっこりと笑い返した。

「寒いっすねえ」

「おう、若え者《わけもん》が寒《さぶ》いんなら、俺ァもっと寒いぜ。すまねえが、渋茶を一杯《いっぺえ》めぐんでくれ」

言うが早いか老人は巡査の脇をすり抜けて交番に上がりこみ、否も応もなく椅子に腰を下ろした。

考えてみれば、表につっ立っているよりはましである。巡査長がパトロールから戻ってきても、徘徊《はいかい》老人を保護していたと言えばいい。

「おじいさん、もしやOBですか」

茶を淹《い》れながら巡査は訊《たず》ねた。

「なんでえ、そのオービーてえのは」

「元は警察官ですかって」

電気ストーブで手を焙《あぶ》りながら、老人はハハッと笑った。

「ここいらの親分にゃ見えねえかい」

「見えませんねえ。ご家族に連絡を取りますから、電話番号を教えて下さい」

「あいにくだが、家族なんて上等なもんは持たねえ」

ぶっきらぼうだが、言葉は歯切れがいい。呆《ぼ》けているわけではなさそうである。

「おひとりで初詣ですか」

「神さん仏さんにあれこれ頼むのァ嫌《きれ》えだ。したっけ今年も息災に過ごしたことだし、豊川のお稲荷さんに賽銭でも投げて、向かいの赤坂署で渋茶をごちになろうと思ってたんだが、その行きがけにおめえの寒そうな面に出っくわしたてえわけだ」

わけのわからん話だが、寒さしのぎと暇つぶしには持ってこいの相手である。巡査は机の上に湯呑を置いて、差し向かいに座った。

「相棒はいねえのか」

茶を啜《すす》りながら、老人は交番の奥を窺《うかが》った。OBではないにしろ、警察を知悉《ちしつ》しているような口ぶりに思えた。

「パトロールに出てますけど、何か」

「話をしたくたって、新米じゃあ張り合いがねえ」

「話し相手ぐらいにはなりますよ」

老人は巡査の顔をしばらく見つめた。

「おめえ、いい面構えをしてるぜ。お稲荷さんに賽銭を投げてから、刑事室《デカべや》で年を越そうと思ったが、坂を登るのも億劫《おっくう》だ。若え衆にサシで話を聞かせるのも悪かねえ」

老人は眩《まばゆ》げに掛時計を見上げた。

一

浅草鳥越《とりごえ》の長屋の戸が叩かれたのは、年の瀬も押し詰まった真夜中だった。

「寅《とら》兄ィ、捜索《ガサ》じゃねえんか」

松蔵《まつぞう》ははね起きて、かたわらに眠る寅弥《とらや》を揺すり立てた。

「ばかくせえ。この年の瀬にガサ入れるほど、サツも暇じゃあねえよ。おめえ、ちょいと見てこい」

所轄署が安吉《やすきち》一家の家《ヤサ》を知らぬわけはないが、夜中に叩き起こされるほど親分は安くはないはずである。

しんばり棒をはずして戸を開けると、軍隊毛布を頭から被《かぶ》った浮浪者が転げこんできた。

「兄ィ、行き倒れだぜ」

寅弥は束の間の鼾《いびき》を止めて、坊主頭をかきむしりながら起き上がった。

「何でえ何でえ。よりにもよって俺っちの戸を叩くたァ、お門《かど》ちげえも甚《はなは》だしいぜ。やい、松公。交番まで一ッ走りして巡査を連れてこい」

へい、と駆け出そうとする松蔵の足を、軍隊毛布から伸びた手が摑《つか》んだ。

「安吉親分にお取り継ぎ下さいまし」

消え入りそうな声で、浮浪者は言った。寅兄ィが土間に下りてきた。

「おっと、親分の名を出されたんじゃあ勝手はできねえの。誰でえ、おめえさんは」

毛布をめくり上げたとたん、寅弥はぎょっと目を瞠《みは》った。

「おめえさん、たしか天狗屋《てんぐや》のお身内じゃあなかったか。いってえこのザマはどうしたわけだね」

天狗屋は仕立屋銀次《したてやぎんじ》の一門で、安吉親分の叔父貴分にあたる。その家《ヤサ》は目と鼻の先の駒形《こまがた》なのだから、話はまるで見えなかった。

「寅兄ィでござんすね。夜分お騒がせいたします。仁義は勘弁しておくんなさい」

男は異臭を撒《ま》き散らしながら、ようやく身を起こした。

「おっしゃる通り天狗屋の子分、新吉と申します」

「おう、シャッポの新吉だの。近ごろとんと見かけなかったが、どこぞに旅かけていなすったか」

稼業のことはまだよくは知らぬ松蔵にも、「旅をかける」という意味はわかった。指名手配となって雲隠れしているか、さもなくば懲役をくらっているということだ。だとすると、いずれにせよこの新吉はとんだ厄介者にちがいない。

寅弥も顔をしかめた。

「放免になったにせえ、食いつめたにせえ、天狗屋を頼るのが筋じゃあねえのかい。事情は知らねえが、駒形の頭越しじゃあ、うちの親分も聞く耳は持たねえぞ」

新吉は膝を揃《そろ》えて土間にかしこまった。そして、やおら思いもよらぬことを言った。

「実は、網走《あばしり》を脱けて参《めえ》りやした」

脱獄だ。寅弥も松蔵も息を詰めた。

「何だと。だったらなおさら、うちの親分に取り継ぐわけにはいかねえ」

新吉は震え上がるように顎を振った。

「破獄のわけを聞いておくんなせえ」

「聞く耳は持たねえ。とっとと出て行きゃあがれ」

寅弥が叱りつけると、新吉は土間にがつんと頭を叩きつけて土下座をした。

「後生一生のお願いでござんす。目細《めぼそ》の親分にひとめお会いできましたのなら、私《あっし》ァこの足で自首いたしやす」

「ほう。そこまでの覚悟で獄を破ってきたんなら、会わずばならねえ用件を言え」

新吉は唸《うな》り声を上げて泣いた。

「銀次親分が亡くなられました。私《あつし》ァ懲罰房の飯上げをしていて、ご臨終を見届けやした。銀次親分はいまわの際に、目細にだけは伝えてくれろとおっしゃいやした」

「放免まで待てなかったんか」

新吉の肩に手を置いて寅弥は言った。叱りもできず労《ねぎら》いもできぬなら、そうとでも言うほかはない。新吉は答えずに、じっとうなだれていた。

「亡骸《なきがら》はさっさと焼かれちまって、お骨は無縁でござんす。官の無体が辛抱たまらず、私《あつし》ァ伐採作業から抜け出して、なりふりかまわず東京まで走って参《めえ》りやした。どうあっても目細の親分にお目通りかなわぬのなら、せめてこれをお取り継ぎ下さいやし」

新吉は胴巻を探って、油紙にくるんだ小さな包みを寅弥に捧げた。

開いてみれば、ほんの一寸ばかりの骨のかけらが現れた。

そのとき、戸口の月明りに黒い影が倒れかかって、松蔵は振り返った。寝巻姿の安吉親分が、腕組みをして佇《たたず》んでいた。

「さんざ不孝をしちまったが、親の弔《とむれ》えぐらいは出さしてもらうぜ」

やはり叱りも労いもせずに、親分は闇の声音《こわね》でそう言った。

「なあ、おじいさん。それっていったい、いつの話なんですか」

　若い巡査は老人の独り語りに割って入った。

「いつ幾日《いつか》と訊《き》かれたって、あんまし昔の話なんで算《かぞ》えられねえ。ともかく、このじじいが十二か十三の、鼻たれのころのこった」

　聞いているうちに、寒さしのぎだの暇つぶしだのという気がなくなった。話は面白くなりそうだし、老人の声は耳にここちよい。

「ちょいと説明が足らなかったようだの。そんなら、かいつまんでかくかくしかじか、東話のなりゆきを聞かしておくか。仕立屋銀次てえのは言わずと知れた掏摸《スリ》の大元締、東京市中に手下《てか》二千人といわれた大親分だった。その銀次親分が明治四十二年の大検挙でお縄となったあと、いっとき一家を仕切った跡目が、俺の親分の杉本《すぎもと》安吉、人呼んで目細の安てえ一世一代《いちでえ》の名人だった」

「ちょっと待ってくれ。だとすると、おじいさんは掏摸なのかよ」

「ハハッ、とうの昔に隠居したんだ。今さら掏摸でもヒョットコでもよかろう――さて、いっときは仕立屋一門の跡目に立ったはよいものの、根っから権力てえものが大嫌《でえきれ》えな安吉親分は、叔父分兄弟分が官とつるんで祀《まつ》り上げたそのお立場にがまんがならねえ。そこで尻《けつ》をまくって子飼いの手下だけを引き連れて闇に潜ったのが、大正七年午《うま》の年の春だった。そうこうするうちに、銀次親分は網走監獄に送られ、大元締とは言えたかが盗犯故買《こばい》を吊るすわけにもいくめえから、ささいなことに難癖つけての懲罰房、まかりまちがっても生きて娑婆《しゃば》には帰《けえ》さねえてえのが官の肚《はら》だった。まあ、このあたりの一部始終をしゃべっていたら年が明けらあ。知りたけりゃあ所轄に戻ってから、署長か古株の刑事《デカ》にでも聞いてくれ」

詳しい話を聞きたいとは思うが、なりゆきはあらましわかった。巡査は茶を注《つ》ぎ足して、話の先をせがんだ。

「それにしても、あのシャッポの新吉てえ若え衆は大した野郎だった。五年と六月《ろくげつ》の刑期を春四月には務め上げようてえのに、銀次親分の遺言を伝えてえ一心で伐採作業をずらかり、どう切り抜けたものやら赤毛布《ゲット》の浮浪者に身を落としてまで、鳥越の長屋にたどり着いたんだ。おそらくはてめえの親分兄弟分よりも、安吉親分の器量を信じていたんだろう。親分はのちのちまでおっしゃっていなさったぜ。かわいそうに、子は親を選べねえ。野郎が俺の身内なら、苦労はさせねえんだがなあ——」

二

東京地検の白井検事正が妻に揺り起こされたのは、年が改まっていくらも経たぬ時刻だった。

「菊屋橋《きくやばし》署の署長さんと、もうお一方。いったい何の大事件でしょうか」

妻は不安げに言った。官舎の庭には、まだ殷々《いんいん》と除夜の鐘が渡っている。

白井検事正はその名前と白皙《はくせき》の表情から、「おしろい」の異名を持つ。明治四十二年の大検挙では辣腕《らつわん》を揮《ふる》い、仕立屋銀次を網走監獄に落として、賄賂にまみれていた警視庁の内部も粛正した。

「何ごとかね」

応接間に入ったとたん、客人の顔を見て思いついた。青ざめた署長と並んで椅子に腰をおろしている肥《ふと》り肉《じし》の男は、駒形の天狗屋である。その手下の通称「シャッポの新吉」という盗ッ人が、網走監獄を脱走したという連絡は受けていた。

脱獄囚が親分を頼ってきたか。いや、その程度の話なら、まさか年越し早々に官舎まではやってくるまい。食いつめて押し込み強盗を働き、人殺しでもやらかしたのだろうか。

「こんな時間に申しわけございません。お人払いを願えますか」

白井は廊下に控える書生を下がらせた。署長はなかなか話を切り出そうとはせず、酒の抜けぬ赤ら顔をしきりにハンカチで拭っていた。

「どうしたね。脱獄囚が強盗《タタキ》でもやらかしたのか」

「いえ、滅相もない。実は――」

うまく説明ができぬのか、それとも口に出すことすら憚《はばか》られるような事件なのか。

「白井の旦那、ともかくこいつをご覧なすって」

天狗屋が卓の上に差し出したのは、一通の書状である。「叔父貴分御侍史」と書かれた達筆の宛名を見ただけで、白井には差出人の誰であるかがわかった。

巻紙を開くと、薫《た》きしめた白檀《びやくだん》の香が漂い出た。

親分富田銀藏儀　北海道網走刑務所而《にて》
服役中之處　去十二月十五日逝去致候
追而《ついて》ハ　左記ノ如ク葬儀告別式取　行《とりおこない》候
一門皆々様宜《よろしく》敷御參會被下度《くだされたく》　書面而《にて》
御案內中上候

記

一、葬儀期日　一月一日正午
一、葬儀會場　淺草寺傳法院
尚乍《かつてながら》勝手　供物獻花香奠等一切御辭退
中上候
喪主　杉本安吉

とっさには言葉が思いつかなかった。仕立屋銀次が網走監獄で死んだという話は聞いているが、一門の親分衆とは交誼《こうぎ》を断っているはずの安吉がいったい何を企んでいるのか、まるで見当がつかぬのである。

　天狗屋は禿《は》げ上がった額に手を当てて、困り果てたように息をついた。

「まあ、同じ手紙を受け取った兄弟分たちとも、あれこれ話し合ったんですがね。元日の葬式なんざ金輪際聞いたためしもねえし、こいつァ目細のいやがらせだとは思うんだが、こうまできっちりと仁義を切られたんじゃあ、知らんぷりもできますめえ。そこで、とりあえずは所轄の署長《おやじ》さんにお報《しら》せしたてえわけで」

　いやがらせ、という言葉は安吉に似合わないと白井は思った。初詣の人出でごった返す元日に、葬式など出すはずはないのである。しかも伝法院は仲見世に面している。

　署長がようやく、おずおずと口を開いた。

「仕立屋一門の始末については、検事正のお耳に入れなければならぬと考えまして、なにぶん今日の明日にはちがいありませんから、こうして罷《まか》り越した次第なのです」

　白井は大あくびをした。この署長に浅草の所轄は務まらぬ。警視総監に具申をして、さっそく異動させせよう。

「安吉の洒落《しゃれ》にきまっている。たとえ盃は水になっていても、親分が死んだのだからめでたい正月などするなと、警告しているのだろう。話はここまでだ」

　立ち上がろうとする白井を、二人の視線が追いすがってきた。目細の安吉と聞いただけで化物を見たように震え上がる連中と、これ以上付き合っても仕方あるまい。

「お待ち下さい、検事正。実はこちらに伺う前に、伝法院に行って参りました」

「洒落だろうがいやがらせだろうが、万々が一てえこともございやすから」

まるで掛合い万才のように息を合わせて、二人は続けた。

「まず伝法院の門前に、故富田銀蔵通夜、と大書された看板が掲げてありまして」

「さいです。初詣のお客は、仕立屋の通夜だ銀次の弔《とむれ》えだと口々に呼ばわりまして、いやもう、観音様にお参りするより伝法院に入って行くほうが多いぐれえの有様で」

「そこで本官もどさくさ紛れに門を潜《くぐ》ったのですが、よもやと思えば御本堂には立派な祭壇がこしらえてありまして、大勢の坊主の読経が朗々と」

「洒落もへちまもあるもんかね。安吉の野郎、本当《マブ》に銀次親分の葬式を出しやがった。そうとなりゃあ、明日の葬儀に行かずば、この天狗屋は東京中の物笑いでがしょう。私《あっし》ばかりじゃあござんせん。湯島の清六、深川の辰、溜池の次郎吉、仕立屋の四天王と呼ばれた親分衆の面目は丸潰れだ」

何とも話の手順の悪い連中である。つまり安吉は洒落でもいやがらせでもなく、浅草仲見世の伝法院で大晦日に通夜を出し、翌《あく》る元日に葬儀を行う。

白井は胸のどよめきを色に表さず考えた。甚だ常識を欠いた話だが、法に触れているわけではない。そしてその「非常識」は、江戸ッ子の泣いて喜ぶ「粋」の異名なのである。

「菊屋橋署からは警官を出してはならん。浅草寺の警備も、伝法院には近寄るなと命じておきたまえ」

意味がわかっているのかどうか、署長は「はい」と神妙に答えた。

東京市民にとって、「無粋」は罪に等しいのである。庶民感情を逆撫ですれば、わらべ唄にもなるほどの目細の安吉の人気を、いっそう煽《あお》ることになる。

「天狗屋も親分衆も、顔を出さぬわけにはいくまい。盃を返したとはいえ、親であった人の葬式だ」

へい、と天狗屋は頭を下げた。

あの安吉の器量に較べて、こいつらは何と小物なのだろうと白井は思った。自分の頭では何ひとつ裁量できず、この越年の夜更けに指示を仰ぎにきたのである。

二人は親の許しを得た子供のように、ほっとした表情を見せた。

「話はここまでだ」

ふたたび命ずると、二人は聞きたくもない詫《わ》びの文句を長々と垂れて帰って行った。

しばらくの間、白井検事正は応接椅子に身を沈めて、過ぎにし日々を思い返した。

去る年の大検挙は、東京市内から掏摸を一掃することが目的ではなかった。仕立屋銀次という大頭目と警察とのいかがわしい癒着を排除するためだった。

芝居の台詞《せりふ》ではないが、世に盗ッ人の種は尽きぬのだから、それらをひとからげに束ねる大親分の存在は、むしろ警察にとっては好もしい。しかし賄賂を受け取ってはならぬ。

銀次を下獄させ、安吉を跡目に据えれば、すべてがうまく運ぶと考えた。しかし案外なことに安吉は、白井と親分衆とで設《しつら》えた舞台に、上がろうとはしなかったのである。

忘れがたい敗北の瞬間がありありと瞼《まぶた》に甦《よみがえ》って、白井は天井を仰いだまま唇を嚙《か》みしめた。

上野のお山の桜が、改札のあたりにも吹き惑っていた。華族かお大尽にしか見えぬ安吉は、並いる親分衆のご指名に応えて言った。

（おじさんあにさん方はどうか知らないが、私は終生、仕立屋銀次の子分です。箸の上げ下げから教わった親分に取って代わろうなんて、これっぽっちも思ってはいません）

上品な山の手言葉でそう言ったあと、安吉は待合所の帰省客や浮浪者のただなかに歩みこみ、ふいにインバネスの袖を翻して腰を割った。

（あにさん方、おじさん方に申し上げやす。ご一党さん町方さんのお心づくし、まことにいたみ入りやすが、この安吉、瘦せても枯れても仕立屋銀次の子分にござんす。向《きょう》後面態《こうめんてい》、みなさん方とは親の子のと言われる筋合いじゃあござんせん。ご免なすって）

敗けた、と思った。さすがの自分も、あのときばかりは顔色を変えたと思う。

その安吉が、どうして今さら銀次の弔いを出すのだろう。理由はただひとつ、白井の与《あずか》り知らぬ男意気という東京の道徳に、忠実であるだけだ。

闇に潜った目細の安吉は、瘦せても枯れてもいない。

「さあて、大晦日の通夜、元日の葬式と聞いて、腰を抜かしたのァ俺っち子分どもだ。

そんな話ァ、万骨枯れた日露戦役の最中だって聞いたためしもねえ。二百三高地の生き残りてえ寅兄ィだって、親分、そいつァいくら何でも酔狂が過ぎると言い返《けえ》した。ところが当の安吉親分はいったん言い出したら梃《てこ》でも動かねえ頑固者、やい寅、晦日の元日のと言ったって、今日の明日にはちげえあるめえ、それとも何か、正月元旦のお天道様は西からでも昇りやがるか。へい、ならばそれはそれとして、初詣でごった返《げえ》す仲見世目抜きの伝法院てえのは、ちょいとやりすぎじゃあござんせんか。すると親分は、火鉢の向こう前から煙管《キセル》の雁首《がんくび》で寅兄ィの坊主頭をコツンと叩き、のう寅弥、去る年の二百三高地で、やれ行けそれ行けてえ乃木《のぎ》大将の力攻めに、さんざ往生したおめえの声とは思われねえ。いいか、喧嘩てえのは力じゃあねえぞ、男意気だ。やれ御法《ごほう》だの世間の目だのに気を遣って、爺ィの小便みてえにちまちまと小出しにするぐれえなら、ドンと一発花火を上げて恨みつらみを煙《けむ》にするほうが後生《ごしょう》もよかろう。おめえら子分どもに四五のは言わせねえ。通夜は大晦日、葬式は正月元日、親が白だと言ったら、黒い烏も白いのが渡世の掟《おきて》だ。おい、おめえら、この先も目細の安の子供でいてえんなら、俺の書《け》えた四枚《よめえ》の回状、くそったれの親分衆に仁義を切ってお届けせえ。くれぐれも粗忽《そこつ》をするんじゃあねえぞ。俺ァゆえあって仕立屋の跡目は襲《と》らなんだが、どっこい銀次の男意気は、この胸先三寸に収《しま》ってあらァ。だったら俺の盃を受けたおめえらも、仕立屋の金看板を背負《しょ》っているてえことを忘れんな。ほれ、寅弥は湯島の清六。ほれ、常次郎は溜池の次郎吉。おこんは深川の辰。栄治《えいじ》は駒形の天狗屋。おう、松公。おめえは栄治にご相伴して、千両役者の仁義がどういうもんか、しっかりと勉強してこい。さあさあ、この年の瀬にきて掛け取りにせえ待ったはねえぞ。どいつもこいつも、さっさと行きゃあがれ」

若い巡査はわけもなく胸が熱くなった。遥かな昔話はよくわからないのだが、老人の高調子にすっかり心が浮かれ上がってしまった。

「栄治って、誰ですか」

千両役者という表現が気になったのである。まさかスターやタレントではなかろうが、きっと大泥棒にちがいない。

「おっと、よく訊いてくれたの。おめえさん、新米《しんめえ》の割になかなか勘がいいぜ。黄不動《きふどう》の栄治てえのは、その当座、東京中に知らぬ者のねえ人気者だった。なにせダグラス・フェアバンクスかゲーリー・クーパーかてえ男も惚《ほ》れる男前、六区の露店《たかまち》じゃあ、ハリウッド・スターのブロマイドに、インチキの黄不動のツラが並べてあったもんだ。何を隠そう、この俺に天切りの技を伝えて下すったのァ、その黄不動の栄治兄ィよ」

へえ、とわけもわからず感心したあとで、若い巡査は思い当たった。「天切り」という夜盗の技と、「松蔵」という老人の名が繋《つな》がったのである。

「あの、俺ひとりで聞いてもいいんでしょうかね」

老人は湯呑を机に置いて、じっと巡査の目を見つめた。

「パトに出た相棒は運がねえの。署の刑事室《デカべや》まで歩くのも、寒《さぶ》くてかなわねえ。それと、もひとつ――」

きれいな目をした人だと、巡査は思った。

「おめえさん、いい面構えをしている」

三

「やい、松公。いかにお伴《とも》の小僧だからって、鳥打帽に空《から》ッ脛《ぱぎ》のそのなりじゃあうまくねえぞ。叔父貴の家《ヤサ》に着いたら、ごみための蔭から見物してな」

栄治兄ィは紋付羽織に仙台平《せんだいひら》の袴という出で立ちである。ふだんは洋服しか着ないのだが、男前は何を着たってサマになるものだと、松蔵はしんそこ感心した。

だが、やっぱり栄治兄ィはホームスパンの三ツ揃いでも、羽織袴でもないと思う。黒木綿の筒袖に股引《ももひき》、墨染《すみぞめ》の手拭を鼻の下でねじっ切りに被った盗ッ人装束が、一等のお似合いだ。

駒形の電車通りから少し入った路地に、浅草界隈を縄張りとする天狗屋の家《ヤサ》はあった。あたりは小商いの問屋や職人が多く住む町だが、向島の粋筋かお大尽の妾でも集まっているのか、その路地に限っては妙に小ざっぱりとしていた。

「もともと天狗屋の叔父貴は、仕立屋一門にもその人ありと知られた掏摸《モサ》の達人での。

何でもうちの親分にも手ほどきをしたんだそうだ」

「へえ、親分のお師匠《つしょ》さんかえ」

年も押し詰まった師走の町は、慌《あわただ》しさを通り越してはや正月気分の静けさだった。

「だからって、今も親分より芸達者なわけじゃあねえぞ。どんな名人だって、手指をいったん納めちまったら、たちまち芸は錆《さ》びちまう」

「うちの親分だって、もう仕事はしちゃいねえだろう」

「そう思うかい」

と、栄治は薄い唇を引いて苦笑した。

「親分は腕のなまらねえように、毎日仕事をしていなさるぜ」

そんなはずはないと思う。だったら鳥越の安長屋なんぞとうに引き払って、立派なお屋敷住まいをしているだろう。

「俺ァ気が付いている。親分は通りすがりの人から財布を掏り取って、すぐにまた元の懐に戻していなさるのさ。先だっては雷門から御本堂まで行く間に、立て続けでそれをおやりなすった。あんときは仰天したぜ。お参りしたあとで俺が、仕事をなさいましたねと訊ねたら――」

そこまで言って栄治は、晴れ上がった冬空を見上げておかしそうに笑った。

「なあに、偉そうな野郎の銭を、しみったれの財布に分けてやっただけだ、だとよ。まあ、今さら天狗屋の叔父貴に、師匠の弟子のと言われる筋合いじゃああんめえ」

松蔵は少し考えねばならなかった。つまり、「中抜き」の名人は「中入れ」もできるのである。雷門でお大尽の財布から現金だけを掏り取って、仲見世を歩く間に二人の貧乏人の財布の中に放りこんだ。いったいそんなことができるのかどうか、できるとしたら芸人でも職人でもなく、魔法つかいである。

「さて、粗忽があっちゃならねえ。松公、引っこんでな」

松蔵は路地の斜向《はすか》いの電信柱に身を隠した。小体《こてい》な引戸門を開け、羽織の袖をポンと突いてから、栄治は腰を屈めて人を呼んだ。

「ご免下さいまし。手前、目細の安吉が使いにござんす。天狗屋の親分さんへ。ご新造さんへ」

たちまち廊下を小走る足音や、梯子段《はしごだん》の軋《きし》りが上がった。目細の使いと聞いて、家の者も居合わせた子分衆も大慌てなのだろう。

やがて玄関の戸が開く音がした。門からの二間ばかりに、子分衆がばたばたと走り出て腰を屈めた。

「おう、栄治じゃねえか。久しぶりだの」

玄関の上りかまちに端座して迎えたのは、でっぷりと肥えた天狗屋の親分である。

「何でえ改まって。こちとら着流しだが勘弁せえよ」

栄治は答えない。かわりに袴の股をばさりと割って、左手を膝に添え、右手の指を揃えて正面に突き出した。

「ご門前よりご免なすっておくんなさんし。ご当家親分さん若え衆《わけし》さんには、お控えなすっておくんなさんし。手前、目細の安吉が子分、黄不動の栄治てえ駆け出しにござんす」

出迎えの子分衆は、腰を割ったなりみな上目づかいに栄治を盗み見ていた。名にし負う黄不動の見参である。

同じ子分でもこうも格がちがうのは、親分の貫禄のちがいなのだ。

「ご当家には手前親分が参上いたすところ、あいにく諸事物入りにてご免こうむりやす。手前、安吉が使いにござんす。親分さんには書面お改めのうえ、ご返答下さいやし」

栄治は懐から書状の入った袱紗《ふくさ》を取り出すと、まるで花道を行くように優雅な所作で、玄関に歩み寄った。

天狗屋はすぐに書面を改めたが、きょとんとしたなり答えはなかった。栄治は敷居の外で身を屈めたまま、凄むように天狗屋の顔を睨《にら》み上げた。

「親分。ご返答を」

「返事と言ったっておめえ、すぐにはできめえ」

「渡世の義理にござんすぜ。それとも何でござんすかい、駒形の天狗屋さんは、仕立屋銀次の盃を水にしたばかりじゃなく、稼業から足もお洗いになったんで。だったら話はべつだ。うちの親分も、よもや堅気の衆にまで義理を果たせとは言いますめえ」

なにをっ、と子分衆が気色《けしき》ばんだ。栄治は屈んだ肩越しに振り返り、

「三ン下はすっこんでろい。この黄不動に口応えする貫禄じゃあねえ」

おめえらの親分は安吉の申し出を拒む貫禄ではない、と言ったも同然である。

栄治は青ざめる天狗屋を見据えたまま、すり足で門前まで退がった。そこでふたたびぐいと袴の股を割り、声高に仁義を切った。

「さっそくのご返答、ありがとうさんにござんす。人の耳には入《へ》えらずとも、この背中《せな》の黄不動がしっかと承りやした。ようござんすね。ならば親分さん、ご一党さん、ご厚《こう》誼《ぎ》あいつかまつりやしてお暇《いとま》させていただきやす。ご免なすって」

栄治は長身の肩で風を切るように、颯爽《さっそう》と門前を後にした。


「どうだ、松。いい勉強になったろう」

鳥越の長屋に帰ってみると、安吉親分は夕陽に染まった裏の縁側で爪を切っていた。

「へい。俺ァもう、すっかりしびれちまって」

「できればみんなの仁義も見せてえところだが、体がひとつっきりじゃあ仕様がねえの」

寅兄ィも常兄ィもおこん姐さんも、さだめし格好のいい仁義を切ったことだろう。体がひとつしかないのは、たしかにもったいなかった。

「ガキの使いてえ言葉があるが、大人ならばよしんば紙切れ一枚届《めえ》けるにせえ、気の利いた挨拶をせずばならねえ。粗忽をするなてえのは、そういうこった」

返答に窮する天狗屋から、栄治兄ィは返事をもぎ取ってきた。ガキには真似のできぬ使者の務めを果たした。兄貴姐貴ひとりひとりの口上を聞けなかったのは、仕方がないが残念だと思う。

「仁は二人の人。義はまことの道。相手の心が読めねえやつ、表裏のあるやつは、満足な挨拶もできねえ。おっと、これも銀次親分の受け売りだがの」

銀次という人は、もとはその名の通り仕立屋の職人で、掏摸《モサ》や泥棒《ノシ》の芸は何も持たなかったと聞いている。しかし、芸があっての親分ではないのだ。たぶん安吉親分は、銀次の魂をそっくり享《う》け継いだからこそ、一門の跡目に推されたのだろう。

「松、すまねえが水を替えてくんねえ」

井戸端まで走って水を替えながら、花の蕊《しべ》のように細く透けている親分の爪を溝《どぶ》に流してしまうのは申しわけないと思った。

縁先は熟れた蜜柑《みかん》の色に変わっていた。親分は縁なし眼鏡に西陽を映して、両手の指先を研《と》ぎ始めた。

「見ててもようござんすか」

「どこが面白《おもしれ》え」

爪を研ぐのではない。指を研ぐのである。親分の膝前には、大きさのちがう二つの砥石が置かれていた。それらを使い分けながら、親分は十本の指を刃物のように研ぎ上げていった。

「何をするにしたって、道具は大切にせにゃならねえ。掏摸《モサ》の道具はこれひとつでの」

そう言って親分がかざした十本の指は、夕陽が透けて見えるほどに輝いていた。

はたしてそうだろうか、と松蔵は思った。親分は剃刀《かみそり》のような指のほかに、もっと荒々しくて潔い、目に見えぬ道具を持っているような気がする。


「おじいさん、俺、何だか胸が一杯になった」

巡査は思ったままを口にした。真冬の風の冷たさも、交番で年を越す切なさもどこかに吹き飛んでしまった。

「そうかい、何か悪い物でも食ったか」

「ちがうって。何だかこう、うまくは言えないんだけど――」

「話の続きを聞きてえんなら、俺と約束しろや。いい若え者《わけもん》が、嫌な顔をして仕事をするんじゃねえ。寒《さぶ》そうに足踏みなんぞするんじゃねえぞ」

巡査長がパトロールから帰ってきやしないかと、気が気ではなかった。

「約束するって。だから早いとこ頼みます」

老人はこくりと肯《うなず》いて、斜《しゃ》に構えた肩をせり出した。

「さて、大晦日はただでせえごった返《げえ》しの浅草仲見世、そのまっただ中に、故富田銀蔵通夜、喪主杉本安吉てえ看板がおっ立ったんだから、江戸ッ子はたまったもんじゃねえ。仕立屋銀次の弔《とむれ》えを、目細の安が出そうてえんだ、ひとめ見なけりゃ一生の不覚、線香立てりゃ孫子の代までの語りぐさだあな。おかげで伝法院の境内は押すな圧《へ》すなの満員御礼、いかに人混みだからって、ここばかりァ掏摸もあるめえと思えば、のぼせ上がった江戸ッ子たちは掏られたつもりで香奠《こうでん》を、財布まるごと投げる始末だ。そこで本堂の欄干から寅兄ィが大声で、香奠はご遠慮、気がすまねえんなら賽銭箱に放ってくんねえと、言わでもの説教を垂れやがったからいよいよたまらねえ。あの坊主は誰でえ。いんや坊主じゃあねえぞ、目細一家が小頭、説教寅にちげえねえと誰かが言えば、ありがてえのもったいねえのと、たちまち賽銭箱は財布巾着の山に変わった。膨れ上がった野次馬はいっそうのぼせ上がって、やれ目細はどこだ、やれ黄不動はどこだ、振袖おこんをひとめ拝みてえ、百面相は探したって無駄だろうと、言いてえ放題《ほうでえ》、騒ぎてえ放題のご乱行《らんぎょう》、したっけどうしたわけか警備の巡査は影も形も見えねえんだから、騒動も静まりようがねえ。そんなこんなで、ほっくほくは伝法院、こんだけのご喜捨を頂戴しながらひとりふたりの読経じゃあ申しわけねえと、ご住職から小僧までもが本堂に勢揃い、鉦《かね》も太鼓も大盤ぶるめえで、しめやかな通夜は否が応にも盛り上がる。さて——お祭り騒ぎで年も越え、ようよう人出も落ちついた正月元日の正午、まずのっそりと現れましたるは、洋装礼服の白井検事正。付き随《したが》うは浅草を所轄とする、菊屋橋、象潟《きさかた》の両署長。続きましては仕立屋銀次を官に売ったあと、おのおの大東京の縄張りを山分けした親分衆の面々。湯島の清六、深川の辰、溜池の次郎吉、駒形の天狗屋、かつては仕立屋の四天王と呼ばれた、いずれ劣らぬ掏摸《モサ》の名人だあな。やい、目細。今さら親分の葬式を出すたァ大した心意気だの、と一門の長老湯島の清六が睨みつければ、安吉親分は何の街《てら》いもなく、おじさんあにさんの頭越しに出過ぎた真似をして申しわけござんせんと、ていねいに腰を屈める。仰せの通り香奠は持たねえぞ。へい、お気遣いなく、わがままを通さしていただいたうえ、お足なんぞ頂戴できるもんですか。そうかい、俺ァまた目先の銭に困《こう》じての義理掛けかと思ったが、それじゃあ何でまた、ここまで苦心して正月早々の葬式なんぞ出しゃあがる。おじさん、そいつァちょいと考えすぎで。私《あっし》ァてめえの男意気で、親の弔えをさしていただくだけでござんすよ。のう、目細。おめえの男意気も心意気もけっこうだがよ、そんなきれいごとで渡れるほど、甘い世間じゃあねえんだぜ。噂《うわさ》によりゃあ、ここんとこ満足に仕事もしてねえそうじゃあねえか。そんなこっちゃ腕もなまっちまうぜ。悪いこたァ言わねえ、親分衆の誰にでも詫びを入れて、縄張《シマ》りを分けてもらえ。安吉は叔父貴分の説教にいちいち頭《こうべ》を垂れながら、何ひとつ言い返そうとはしなかった。さあて、葬式といったって一寸ばかりの骨のかけらが納まった骨箱があるきりなら、告別式でもあるもんか。読経が終われば、わけのわからん心意気と酒を酌むのもばかばかしく、これで義理は果たした面子《メンツ》も立ったと、白井の旦那に引き連れられた親分衆御一行が、奥山あたりの掛茶屋で、うさ晴らしの盃を酌みかわしていたと思いねえ。まったく、目細の野郎の浪花節で明けるたァ、とんだ正月もあったもんだぜ――」

四

奥山瓢簞《ひょうたん》池のほとりに佇む、掛茶屋の離れ座敷である。

正月の書き入れどきに空けさせた座敷ならば、相応の祝儀もはずまねばなるまい。お偉方と知ってか、女将の表情もどことなく物欲しげに見えた。

白井検事正は人情を解さぬ冷血漢であり、検察きっての策士である。しかし曲がったものは矩尺《かねじやく》さえ嫌いな、謹厳居士《こじ》でもあった。検事になるために生まれてきたような気性と言えた。

したがって、悪党どもとの付き合いは大切にするが、賄賂どころか饗応《きようおう》すらも受けたためしはない。割勘というのも大人げないので、こうした場合は自分が金を払う。検事正にまで出世しても、いまだ官舎住まいに甘んじているのは、そうした四角四面の世渡りのせいだった。

「まったく、目細の野郎の浪花節で明けるたァ、とんだ正月もあったもんだぜ」

すっかり酔いの回った天狗屋が、からからと笑った。

どの口が言う。大晦日に人を叩き起こして、震え上がっていたのはどこのどいつだ。

何ごとも起こらずに義理を果たし、どっと肩の荷が下りただけだろう。

親分衆の顔は、菊屋橋署に集まったときとは打って変わった上機嫌である。耄碌《もうろく》した湯島の清六などは、安吉が逆上して刃傷沙汰に及ぶのではないかと、本気で頭を抱えていた。清六ばかりではなく、みながみな安吉には何かしら企みがあるにちがいないと、怯《おび》えきっていた。

目細の安はけっして化物ではない。親を売ったという疚《やま》しさが、こいつらの胸にあらぬ幻想を抱かせているのだ。むろん白井には、安吉を怖れる理由がなかった。彼にとっての目細の安吉は、食えぬ男ではあっても憎い男ではない。

しきりに酒を勧めながら、深川の辰と呼ばれる親分が言った。

「俺の家《ヤサ》にはおこんが使いに参《めえ》りやしてね。火鉢の向こう前に立膝をして、おうおう、と凄みやがるから、こちとら目のやり場に困って往生しちめえましたよ」

目のやり場がどうのというほどの余裕はなかったろう。震え上がって声も出なかったはずだ。

「私《あっし》のところにァ、常次郎が参《めえ》りやして。小倉袴《こくらばかま》に高下駄の、旧弊《きゅうへい》な壮士のなりでしてね。玄関先で長々とちんぷんかんぷんな演説をしやがるから、てっきりゆすりたかりのつもりだろうと思いやして、そういうわけなら魚心に水心、きょうも百円ばかしの香奠は用意してきたんですが」

と、溜池の次郎吉が信玄袋を目の前で振った。このごろ新宿渋谷にまで縄張りを拡げたという噂で、なるほど金回りはいいらしい。

「魚心あれば水心、かね」

白井は次郎吉を睨《ね》めつけた。こっちにはいつもそうした気構えがあるのだから、少しは手心を加えて下さいまし、と次郎吉は暗に言っているのである。

こいつらの小物ぶりにはうんざりする。菊屋橋や象潟の署長も、もしや所轄を縄張りとする天狗屋から賄賂をもらっているのではなかろうかと、白井は疑った。二人とも制服だから飲むわけにはいかぬと、親分衆の盃を頑なに拒み続けている様子がわざとらしい。

白井は離れ屋敷の硝子《ガラス》ごしに、さざ波立てて北風が舐《な》める水面《みなも》を見つめた。背にした十二階の赤煉瓦《あかれんが》が、瓢箪池にまぼろしのような影を映していた。汀《みぎわ》の木蔭には薄氷が張っていた。

何のために――と、白井は自問した。大晦日の通夜、元日の葬式というのは、非常識ではあっても法に触れるわけではない。だが、盗ッ人稼業にとっては、相当に肚をくくった離れ技である。

「男意気ねえ――」

白井は思わず独りごちた。人々の盃を持つ手が止まった。

その答えのほかに、考えようはないのである。仕立屋銀次の跡目を襲《と》るよう説得できなかったのは、かえすがえすも心残りだった。

「ねえ、旦那」と、天狗屋が丸い顔を寄せてきた。

「腕のなまった職人の男意気なんてえのは、屁のつっぱりにもなりゃしません。目細の安吉なんて名人は、もうこの世にいやしねえんです。今さっき会ったのァ、杉本安吉とかいう堅気の男ですよ。ご執心もたいがいになさいまし」

そうかもしれない。財布を懐に残したまま中味だけを掏り取るという中抜きの技は、ここしばらくとんと被害届が上がっていなかった。むろん被害がないのは喜ばしいことだが、生まれ育った大東京の灯がひとつ、消えたような気がしないでもなかった。

「さて、お開きとしよう」

柄に似合わぬ妄想を打ち払って、白井検事正は手を叩いた。女将が襖を開けた。

「旦那、ここの勘定は私《あつし》が」

溜池の次郎吉が信玄袋の紐《ひも》を解くと、いや俺が手前がと、親分衆はきそって懐から財布を取り出した。

とたんに、みながみな腰を浮かして石になった。

白井は革の札入れを、怖る怖る開いた。一円札が一枚きり、白髯《しろひげ》の武内宿禰《たけのうちのすくね》が気の毒そうに白井を見つめていた。

おそらくどの財布にも、一円札を残してあるのだろう。正月の祝儀を乗せた茶屋の勘定には、まことところあいの金である。

石仏どもが我に返って物を言う前に、白井はこの場を繕わねばならなかった。

「正月早々せちがらい話だが、きょうは割勘だ」

署長たちも親分衆も、口々に「こん畜生」と声を上げて、一円札を膳に投げた。

た。

「帰《けえ》りの俥代《くるまでえ》までは面倒見られねえってか。ふん、ケチな野郎だぜ」

当たるあてもない天狗屋の悪態を聞き流して、白井検事正はのどかな初春の瓢箪池に目を向けた。ついついこぼれてしまう笑みを、人に見られてはならぬと思ったからだった。

三筋町《みすじちょう》のモダン銭湯で長旅の垢《あか》を落とすと、新吉は見ちがえるような男前になった。

正月三日の初湯は大賑わいである。

「のう、新吉。務めをおえたら天狗屋なんぞ寄らずに、俺っちを訪ねてこい。親分もおめえの男意気には感心していなさる」

煙抜きの天窓を見上げて、寅兄ィは言った。

「ありがてえ話だが寅兄ィ、二人の親を持つわけにァいきますめえ。目細の親分さんの器量には及びもつかねえが、私《あつし》ァ天狗屋の子分です」

「もってえねえ」

と、寅兄ィは悲しげな顔をした。

せっかくの誘いを受けぬのがもったいないのではなく、天狗屋にはもったいない子分だと、寅兄ィは言ったのだろう。

子は親を選べねえ、という親分の言葉を思い出して、自分は果報者だと松蔵は思った。

「で、警察に行く前《めえ》に、天狗屋には寄るか」

「いえ。事情がこみ入ってるようなんで、ご無礼さしていただきやす。目細の親分さんの男意気にァほとほと頭が下がりやしたが、私が親不孝をしちまったことに変わりはござんせん」

松蔵は手を伸ばして、新吉の首のあたりに浮かぶ湯垢を、そっと掻《か》き寄せた。

脱獄は重罪だと思う。理由を問い質《ただ》されても、この人はけっして口を割らないだろう。五年先か十年先かわからないが、放免なったそのときには、きちんと労いの言葉をかけられる一人前の男になっていようと、松蔵は思った。

「せめて松の取れるまで、ゆっくりして行ったらどうでえ。親分もそう言っていなさるんだが」

「初湯のわがままを言わしていただきやした。ご厚情、ご免こうむりやす」

三日の間、その一言をいくど聞いただろう。お屠蘇《とそ》の盃にも、おこん姐御のこしらえた雑煮にも、新吉は「ご免こうむりやす」と言って口をつけなかった。

「おめえ、銀次親分に見こまれたな」

新吉は答えなかった。

「さすがは仕立屋銀次、人を見る目がおありだぜ」

「滅相もねえ。私《あつし》ァただの使いっ走りで」

「ガキの使いじゃあねえんだぜ。ほかの誰に務まるもんかよ」

「寅兄ィ、ぼちぼち参《めえ》りやしょう。長湯なんぞしてたら、婆婆ッ気が身に付いちめえます」

新吉の体には、桜吹雪の彫物が入っていた。肩から胸に下がった短冊の意味を訊ねると、新吉は少し羞《はじ》らうように、「一心太助の物真似だよ」と答えた。

一心如鏡《いっしんかがみのごとし》。物真似だろうが何だろうが、この人には似合いの言葉だ。

松蔵は湯屋《ゆうや》の外で二人を待った。やがて暖簾《のれん》を分けて出てきた新吉は、粋で鯔背《いなせ》な「シャッポの新吉」だった。安吉親分の背広と栄治兄ィのボルサリーノが、まるで誂え《あつら》たようによく似合った。

「寅兄ィ、ここでようござんす」

「いや、菊屋橋の玄関まで送ろう」

「ようござんす」

市電の青い火花が、二人の影を歩道に落とした。新吉の帰るところが、どれくらい遠くて寒い場所か、松蔵は知っていた。

通行人に気遣いながら、新吉は軽く腰を屈めた。そして、目の先六尺しか届かぬ夜盗の声を絞った。

「手前、凶状持ちでござんす。仁義は略させていただきやす。向後面態《きょうこうめんてい》、相背《あいそむ》けましてよりのちは、ご当家親分さんご一党さんとはいっさいかかわりござんせん。ご免なすって」

新吉は行ってしまった。市電通りにつらなる街灯の輪の中に、うしろ影が見え隠れしながら小さくなっていった。

遥かに遠ざかった曲がり角で、一仕事おえたと思ったのか、それとも浮世の名残りの一服なのか、風を庇《かば》ったマッチの火がほんのりと、しかし松蔵の掌の中にでもあるように温かく灯った。

第二夜

月光価千金

拘置所の取調室には見知らぬ若い女が待っていた。

黒いスーツの襟にバッジを付けていなければ、誰が見ても就職活動中の女子大生だ。

前任者は重要な案件の弁護を依頼されたので、私が交代することになりました。引き継ぎは万全ですので安心して下さいね、よろしく。

ばかか、こいつ。も少しマシな嘘を思いつかないのかしら。殺人、詐欺、窃盗。しかも余罪を捜査中。連続殺人よりも重要な案件なんて、あるはずないでしょうに。

つまりあの国選弁護人のじいさんが降りて、この小娘がお勉強がてら後を引き受けた、っていうこと。

何もかも正直にしゃべって改悛《かいしゅん》の情を示せば、あなたにも生まれ育ちの苦労があるのだし、情状酌量の余地がないわけじゃありません。

ばかだね、やっぱり。何の落度もない、お人好しの男を三人も殺して情状酌量なんて、あるはずないだろ。第一、そりゃああんた、弁護士の言いぐさじゃないだろうに。

こいつには何もしゃべれない。たぶん検事に筒抜けだ。やれやれ、弁護士を相手にダンマリか。

「やってもいないことを、やったなんて言えないわよ」

それだけを言って取調室を出るとき、あたしはマジックミラーに向かって思いきり唾を吐いた。

独居房に向かう白くて長い廊下。冬晴れの青空くらい見せてくれてもよかろうに、窓は厚い曇りガラスが閉《た》てられている。外は運動場なのだろうか、未決の男たちの声や足音が、耳元に囁《ささや》きかけるように伝わってくる。

何もかも夢ならばいい。もし首を絞《くく》られたとたんに目覚めるのなら、何もかも洗いざらいしゃべるけれど。

腰縄を引かれながら歩く、白くて長い廊下。カウンセリングルームの前に置かれた長椅子に、小さなおじいさんが膝を抱えて座っていた。

やっぱり夢を見ているのかもしれない。男子禁制のこの建物は、看守も作業員も女ばかりのはずだ。そしていよいよ信じがたいことに、おじいさんはくわえタバコに火をつけて、笑いかけながら手招きをした。

「少し話していく?」

と、看守が歩きながら訊《き》いた。

「何よ。誰なのよ、気持ちわるい」

「カウンセラーじゃないかしら」

カウンセリングルームには何度か行った。施設に入っている娘の消息を聞くためだ。おじいさんは施設の関係者か、地域の保護司なのかもしれない。

でも、そういう人が作務衣《さむえ》の膝を抱えて、タバコを喫《す》っているはずはなかった。

「ねえさん。お急ぎじゃあなかったら、一服していきねえ」

おじいさんが呼び止めた。廊下の端まで通りそうな、いい声だ。

「すまねえが、担当さん。ちょいとの間《ま》、手錠《ワッパ》と猿回しをほどいてやっちゃあくれめえか」

右も左も先が見えないくらい、白くて長い廊下。そのちょうど中ほどに据えられた、青い長椅子。もし夢でないのなら、無駄口を叩いても叱言《こごと》をいう古株の看守が、「ハイハイ」と手錠を解くはずはなかった。

「冗談はやめて下さいよ。あんたら、人をおちょくってるのか」

差し向けられたタバコをはたき落として、あたしは廊下に唾を吐いた。

一

カフェ・インペリアルの螺旋《らせん》階段を駆け上がるや、姐《あね》さんは永井《ながい》先生のかたわらから女給を引き剝がして、外套《がいとう》も脱がずに腰をおろした。

「おやおやおこんさん、息せききっていったい何の騒ぎだね。はたから見たらまるで、道楽亭主の居場所をつきとめた女房みたいじゃあないか」

おこんは周囲の視線に愛想笑いを返して、細巻の莨《たばこ》に火をつけた。

「やい、松公。こっから先は身内に聞かせられる話じゃあない。ほれ、使いっ走りの駄賃だ。松喜《まつき》のビフテキでも食ってきな」

ごっつぁんです、と立ち上がりかけた松蔵の腕を、永井先生が摑《つか》んだ。

「お待ちなさい村田松蔵君。おこんさんと差し向かいでは、いよいよ居場所をつきとめられた道楽亭主だ。それに、このカフェには慶應義塾の学生もやってくる。塾内にあらぬ噂を立てられるのはごめんです」

永井先生は世間の耳目を気にするような人ではない。おこんの様子から尋常な相談事ではないと知って、心細くなったのだろう。安吉親分の頭越しに難しい話を持ちこまれても困るのである。

「傍目《はため》だの噂だのって、今さらお気になさる永井先生とも思えないが——まあいいや。だけど松公、この話は親分にも誰にも内緒だよ。いいね」

おこん姐《ねえ》さんほど勝手な人は、そうもいないと松蔵は思う。何でもかんでもてめえの都合で、その都合もころころと変わるのだから手に負えない。思うようにならなければヒステリーだ。

日曜の朝っぱらから、永井先生を呼んでこいと言いつかった。円タクを飛ばして麻布台のお屋敷を訪ね、ベッドでクロワッサンを食べていた先生を引っ張り出した。だのにカフェ・インペリアルでは三十分も待たせるのだから、勝手放題にもほどがある。

大正が昭和に改まり、松蔵も十九になった。ホームスパンの三ツ揃いに流行の伊達メガネをかけ、日曜の銀座にはお似合いのモダンボーイだと思う。しかしおこん姐さんから見ると、この十年どこも変わらぬ使いっ走りの小僧であるらしい。

おこんは松蔵の飲みさしのコーヒーを勝手に啜って、「なんだい、冷めちまってるじゃあないか」と文句をつけた。

「つまりこういうことですな、おこんさん。例の変態が、ついにあなたの前に正体を現した」

「はい、さいですとも。さすが先生はお察しが早い」

「察しも何も、あなたの相談事といえば色恋沙汰に決まってます」

「そういう言い方はおやめ下さいまし。向こうは色恋沙汰かもしれませんけど、私《わっち》は大迷惑。かと言ってこればかりは親兄弟に相談するわけにもいかず、往生しておりますのよ」

またか、と松蔵は思った。おこん姐さんと銀座を流せば、百人の男とすれちがって百人の男が振り返る。われこそはと思う男は声をかけてくる。厄介は声をかけられずにつきまとう男で、おこんはそれらをひとからげにして、「変態」と呼んだ。

「しかしねえ、おこんさん。いつも同じことを言うが、その男は変態じゃあありませんよ。アブノーマルを変態と訳すのならば、変態は男のほうじゃあなくって、あなたです」

さすがは永井先生、うまいことを言うものである。返す言葉に窮して、おこんは釣鐘帽子《クロッシュ》に手を当てて照れた。

三十を過ぎていよいよ艶《つや》めいてきたが、こんなふうにときどき見せる少女のようなしどけなさが、たまらなく愛らしかった。

「いえね、理屈はどうだっていいんですよ。変態だろうが刑事《デカ》だろうが、後をつけられてたんじゃあ仕事ができません。もっとも、だからって先生にどうこうせえなんぞとは申しませんよ。実はゆんべ、お察しの通りその変態野郎が、私の前に正体を晒《さら》しましてね。こう、真青な顔でつっかえつっかえ、きっとあなたを世界一の幸せな女にいたします、って」

松蔵は思わず腰を浮かせ、永井先生は英語だかフランス語だかで、短い叫び声を上げた。

「あなた、そりゃあプロポーズじゃないか」

「はい、さいです。もちろんそんな話は、星の数ほど袖にしちゃおりますけどね。ところが今度ばかしは、星の数には入らないお月様が昇ったみたいなもので」

「ほう。よほどのハンサム・ボーイか大金持ちか」

おこんは莨を揉み消して、ポーラ・ネグリばりのサテンのドレスの肩をすくめた。

「ハンサム・ボーイで大金持ち。齢《とし》は私より三つも下。慶應義塾を出て、長いこと洋行していたんだけれど、お父上が急に亡くなられたので、去年の秋に帰国したばかり。ねえ、先生。ただのお月様でもござりますまい。もう、まんまるの満月。慶應を出てアメリカに留学といったら、たぶん先生も知らぬ人じゃあない。それで折入ってのご相談というわけでござんすよ」

しばらく気を鎮めるように目をつむってから、永井先生は穏やかな声で「お名前は」と訊《たず》ねた。

「住之江《すみのえ》さん」

「ああ。そうあちこちにある名前ではないね。住之江康彦《やすひこ》君ならば知っております。お父上のご不幸で帰国した折には、挨拶にきましたよ。いささかの瑕瑾《かきん》も醜聞もない、まことのジェントルマンです。へえ、これは驚いた。住之江財閥の当主があなたにぞっこんでは、よもや変態などと呼べますまい」

話しながら永井先生は、柄にもなく興奮した。恥じらって俯《うつむ》くおこんを、傍目《はため》も憚《はばか》らずに激励するのである。

「ねえ、おこんさん。あなたはもしや、分不相応のコンプレックスに悩んでらっしゃるんじゃあありませんか。だったら要らぬ心配です。明治の元勲と呼ばれる人は、みななじみの芸者を妻に迎えましした。夫婦にとって大切なものは、門地《もんち》教養などではなく愛情だと信じたゆえです。愛情にまさる信頼など、あるはずはない。すなわちこの際の問題は、あなたが住之江男爵を愛せるか愛せないか、ひとえにそればかりです。僕はあなたの人生についてよくは知らないが、生まれ育ちなどはどうでもよい。あの安吉親分が手塩にかけて育てた子分ならば、どこのどなた様よりも男爵夫人にふさわしいはずです。よろしいですか、おこんさん。あの住之江康彦君が、愛せぬ男性であるはずはない。これは偶然などではなくって、神様の思《おぼ》し召しですよ」

永井先生の演説が終わると、おこんはドレスの膝でハンカチを弄《もてあそ》びながら、昨晩の出来事を語り始めた。

二

尾張町《おわりちよう》の十文字で待ち伏せていたダイムラーに乗ったのは、まさかその紳士に心引かれたからではない。

こうも夜ごと、同じ場所で同じことをくり返していたのでは、埒《らち》があかぬと肚《はら》を定《き》めたのである。根負けと言えばそうだが、むしろ主人の命ずるままに車のドアを開けて、最敬礼を続ける老いた運転手が気の毒になった。

とりわけ身の凍えるような夕まぐれであった。震災からの復興もいまだたけなわの銀座通りは、土埃《つちぼこり》にまみれていた。

ダイムラーの中は鯨の胃袋のように広くて、運転席との境にはガラスが嵌《は》まっていた。助手席にはやはり年老いた家令か秘書のような人がいて、ときおり様子を窺うように振り返った。

「けっして怪しい者ではありません」

と、紳士は夜ごと袖にされ続けた台詞《せりふ》をもういちど口にした。その先を聞くのは初めてだった。車は色とりどりのネオンサインを背負って走り出した。

「まずお訊ねしますが、あなたは既婚者でらっしゃいましょうか、それとも独身でしょうか。ご返事次第では尾張町の交叉点に戻ってお別れします」

こいつはただの金持ちじゃあない、とおこんは思った。戦争成金も震災成金もずいぶん見てきたが、男には浮かれ上がった高調子を感じなかった。

「あいにく三十を過ぎて売れ残っちゃおりますけれど、だったらどうだってんです」

それだけが懸念であったかのように、男はほっと息をついた。年齢にはまるでこだわるふうがなかった。

「少し緊張してしまいました。ご無礼して莨を一服」

「だったら私も一服」

ハンドバッグを開きかけると、紳士は平たい缶に入った西洋莨を差し出した。それから二人はしばらく、黙りこくって煙を吐いた。車は新橋を過ぎた。

「何もおっしゃらないんじゃあ、人拐《さら》いでござんすよ。今さら拐《かどわ》かされて困る齢でもござんせんが、何のつもりなのかはっきりさしておくんなさい」

「話が終われば、ご自宅にお送りします」

だんだん苛立《いらだ》ってきた。たいがいになさいと説教をするつもりだったが、口説き文句のひとつも出ないのでは振りようもない。

「ケッ、変態野郎にてめえの家《ヤサ》を教《おせ》える馬鹿がどこにいる」

少々言葉が過ぎたか。信じ難い声を聞いたというふうに、男はぎょっと身を引いた。

「変態、ですか。この私が」

そこで初めて、おこんは男の顔をまじまじと見た。ダイムラーの羅紗《ラシャ》張《ば》りの天井には、グローブにくるまれた電球が灯っていて、男の顔を飴《あめ》色に照らしていた。銀座の街頭で声にかまわず行き過ぎるときは、顔などろくに見てはいなかった。

掛け値なしのハンサムだと思った。たぶん身長も六尺の上はあるはずだ。

「はい、立派な変態でございますとも。いいかね、若旦那。当たるを幸い軟派を張るてえんならともかく、毎晩尾張町の十文字に車を止めて、怪しい者じゃあございません、なんぞと言い続ける野郎が、変態じゃあなくって何なんだね」

「それは誤解というものです。あんまりすげなくされるうちに、私もいくらか意固地になっただけなのです」

「いくらか、じゃあああるまい」

「いえ、生来が呑気《のんき》な性分なので、これでもいくらかのうちなのです。勝負事は好みますが、勝つまでやめないから負けたためしがありません」

やれやれ、妙な野郎に引っかかっちまったと、おこんは溜息をついた。車は浜松町の電車通りを走っていた。

「あの、いつも同じ時刻に尾張町の通りを渡るのは、お勤めの帰りでしょうか。きょうは土曜なので、昼から待っていました」

女学校出の事務員やタイピストに見えるというのは、悪い気がしない。それにしても、半ドンの土曜を昼から待っているのは、やっぱり変態だ。

「あのねえ、若旦那。お勤めの帰りじゃあなくって、仕事中なんですよ。何もすげなくしてるわけじゃあない。誰だって書き入れどきに声をかけられたら、返事のできるもんかね」

「仕事中――」

男は考えこんだ。車は泉岳寺《せんがくじ》を過ぎた。さっさと話をつけて、品川で降りるとしようか。

「ああ、ステッキガールですね。雑誌で読みましたよ。銀座通りを尾張町から新橋まで、腕を組んで歩いて一円。どうりでいつもおしゃれをしてらっしゃる。やはり何ですか、若い男にはモガのなり、年配のお客には着物がよろしいのでしょうな」

どうも思いこんだらそれっきり、という質《たち》のようである。それならそれでいいのだが、ステッキガールは安すぎる。

「あのね、若旦那。だったらどうして、いつもひとりで歩ってるんですかね。まんざら客のつかない女じゃあないと思いますけど」

ううん、と唸り声を上げて男は座席に沈みこんだ。

「難しいクイズですね。ヒントは毎日五時半に市電を降りて、尾張町の交叉点から新橋方向に歩く」

「毎日じゃあござんせん」

「私は毎日待ちました。ヒントのその二、たいそうおしゃれでらっしゃる。洋服なら流行の最先端、着物は粋な小紋か上等の御召」

「それにも理由はあるんですよ。身なりのいいほうが銀座では目立たない。毎日ちがう格好なら、もっと目立たない」

「目立たないほうがいいというのは、もしや私立探偵」

「ちがいます」

「では、京橋区役所の世相調査員」

「それもちがいます」

「ソヴィエトのスパイ」

「まるでちがいます。当てずっぽうを言わないでね」

根っからのお坊ちゃまらしいあどけなさが、次第に愛らしく思えてきた。おこんも背中を滑らせて、同じ目の高さに沈みこんだ。

「ニューヨークにはそういう女性がいます。たそがれどきになると、おしゃれをして五番街を歩く習慣」

「習慣じゃあないわ。仕事よ」

「わかりません。降参してよろしいですか」

まるで心地よい寝物語のようだ。でも、品川で降りなければ。

おこんはギャバジンのコートのポケットから、車に乗りこむ一瞬に仕留めた品物の数々を取り出して、男の胸元に投げた。

鰐革《わにがわ》の長財布。金鎖の懐中時計。もののついでに抜いた、甲州印伝の名刺入れ。

「答えはそれよ」

「へえ、手品師ですか。謎が解けました。寄席かカフェのステージに出演なさっているのですね。なんてすてきな人だ」

どうやら変態ではなさそうだが、こいつは世間の悪意をてんから信じない、生まれついての若様にちがいない。

「ちょうどよかった。申し遅れましたが、こういう者です」

返された名刺入れから、男はなかば仰向《あおむ》いたまま一枚の名刺を差し出した。グローブの淡い光に、どこかで見憶えのある麻の葉の御家紋が透けていた。

住之江合名会社社主　男爵　住之江康彦。

「変態と思わないで。ほかの理屈は何もありません。私と結婚して下さい」

裏返った声を聞いたとたん、おこんの息は止まってしまった。


おじいさんの話を聞いているうち、夢見ごこちになった。

昭和の初めといえば、父や母が生まれるもっと前なのだろう。あいつらは顔さえ知らない。生まれ年だって知らない。

「ねえさん、子供を施設に預けてらっしゃるそうだの。さぞ心配だろう」

話の間に、おじいさんはぽつりと言った。

「心配なんかしてないわよ。あたしが育ったころとは、時代がちがうもの」

強がりを言うそばから、唇が寒くなった。自分と同じ思いはさせまいと誓い続けてきたのに、親も兄弟も友達もいない母親がこんなことになれば、子供の行く場所はほかになかった。

刑事《デカ》も検事も、あんがい娘の話には触れなかった。当たり前だ。それを言われて改心するはずはない。自白《うた》えば最後、死刑になる。

「あんた、誰なのよ」

おじいさんは悲しい笑い方をした。

「どこの誰てえほどの者じゃあねえよ。あんたとおっつかっつの人間さ」

「おっつかっつ、って」

「似た者よ。俺ばかりじゃあなくって、おこん姐さんも両親《ふたおや》の顔なんざよくは知らねえと言っていた」

「あたし、おこんさんみたいに美人じゃないわ」

さあて、とおじいさんは首をかしげて、眩《まばゆ》げに天井の蛍光灯を見上げた。

「今にして思や、さほどのべっぴんだったとも思えねえ。だが、男はみんなすれちがいざまに惚《ほ》れた。女はもっと惚れた。あれァ、姿形じゃあねえんだ。心意気がおめかしをして歩っているようなもんだった」

心意気という言葉はよくわからないけれど、そういう人は今でもいると思う。それほど美人じゃないのに、思い出してみるととてもきれいな人。すれちがいざまに、ハッと心を奪われるような人。

「ひとことで言やァ、垢抜けてて格好がよかった」

そう、それよ。でも、誰が真似のできるものでもない。

「ねえさんは、あんまり格好がよくねえな」

いきなり殴りつけられたような気がした。言い返そうにもうまい文句が見つからなかった。

「スリや泥棒と一緒にしないで」

「ほう。ひとごろしはもっと上等だってかい。そいつァ了簡《りょうけん》ちげえだぜ、ねえさん。

外道《げどう》悪党数々あれど、人を殺《あや》めるてえのは下《げ》の下だ」

あぶない。看守が聞いている。もしかしたら盗聴器かレコーダーを隠し持っているかもしれない。

「じいさん。あんた検察の回し者か」

凄んで言うと、おじいさんは破裂するような高笑いをした。

「おいおい。どうしてこの俺が、今さら官にへつらわにゃならねえんだ。おっつかっつの身の上のおめえさんに、昔話のひとつも聞かせてやろうと思っただけなんだぜ。迷惑ならここいらでやめとこう」

もういちど夢の世界に迷いこみたかった。父も母も生まれる前の、きっと大金持ちも貧乏人も、みんなが格好よかった時代に。

「続けてよ」

偉そうにそう言うと、おじいさんはあたしの肩を抱いて、作務衣の懐に引き寄せてくれた。声が骨から骨に伝わってきた。

「まあ聞きねえ。おこん姐御は目細の安吉一家が紅一点、俺にとっちゃあたったひとりの姉貴分、親分からすりゃあ神業《かみわざ》の芸を伝えたたったひとりの弟子だった。したっけ親分せえも真似のできねえところは、姿形に目を奪われるその一瞬に、真正面から懐中物を掏《す》り取るてえ玄《げん》の前《まえ》。掏られた主《ぬし》ァ、よもやあの別嬪《べっぴん》が掏摸《モサ》だとァ思わねえ、せいぜいが見惚《みと》れたすきにやられちまったと、てめえの助平心を悔やむてえ寸法さ。的《まと》は野郎に限った話じゃあねえ。新橋やら向島やら、きれいどころの玄人《くろうと》の前を狙うから玄の前だ。さて——大正が昭和と改まった正月、街にァピッカピカのフォードやパッカードが走り回る、モガモボの足の下にァ地下鉄が通る、銀座八丁は竹川町のカフェ・インペリアルの二階桟敷に、永井先生といまだ駆け出しの天切り松が、いずれ劣らぬ助平心も丸出しに、話の先を急《せ》かしていたと思いねえ。踊り場にデンとましまず蓄音機の朝顔からは、新進気鋭のビング・クロスビーの甘い歌声、ゲット・アウト・アンド・ゲット・アンダー・ザ・ムーン。外へ出ようぜ、月の下へ、てえ意味らしいが、誰が名付けたか『月光価千金』にァ笑ったもんだ。それじゃあおめえ、誰が聞いたって歌舞伎座の看板だろうぜ」

三

ただひとり　寂しく　悲しい夜は
帽子を　片手に　外へ出てみれば
青空に輝く　月の光に
心の悩みは　消えて跡もなし

「で、おこんさん。それからどうなったんだね」

ビング・クロスビーの甘い歌声が、話の腰を折ってしまった。おこんは桟敷の手すりに肘をついて、造り物めいた小さな顔を物うげに指先で支えていた。

「どうなったって、品川で降りましたよ」

先生と松蔵は同時に「あー」と声を上げて落胆した。

「そりゃあねえだろ、姐さん。とんでもねえ玉の輿《こし》じゃあねえか。そう言っちゃ何ですけど、選《え》り好みをする齢でもありますめえ」

こいつは言い過ぎたと肩をすくめたが、おこんは怒りもせずに笑って往《い》なした。

「選り好みってのは、齢でするもんじゃあないよ」

「そんじゃ、腰が引けちまったんか」

「若い時分に山県《やまがた》元帥の金時計《キンマン》まで的にかけた私《わっち》が、今さら住之江の御曹子に震《ぶる》ったりするものかね」

永井先生が割って入った。

「まあ待ちたまえ、村田松蔵君。よく考えてみれば、終わった話を他人に相談しても始まるまい。おこんさんは、まだ迷ってらっしゃるのだよ。ここは改めて続きを聞かしていただこうじゃないか」

おこんは手すりから身を起こすと、夜空の色のドレスの裾を翻して脚を組んだ。

「御曹子はこうおっしゃるんですよ。親の決めた相手と結婚するなんてのは、人権蹂《じゅう》躙《りん》も甚しい。僕が心から愛するのはあなたひとりなのです。ウォール街で僕が学んだものは経済ではなくって、幸福を心から求める自由の精神でした——」

「イエス。すばらしい。いかにも住之江君らしい発言です」

永井先生が肯《うなず》いた。

「失敬。先を続けて下さい」

「つきましては、明日の晩にご返事を承りたい——つまり、今晩の話でござんすよ。横浜のホテルニューグランドにて、華族会主催の新年ダンス・パーティが開かれるから、ぜひお越し下さい。フィアンセとしてみなさまにご紹介できれば幸いです」

「ワンダフル。いかにも彼らしい。スマートかつクレヴァーじゃあありませんか。そこまでお膳立てして下さるのなら、後のことは準備万端、何ひとつ心配はありますまい。なにしろお父上が急逝なされて襲爵もおえ、家業においては十九代住之江四郎《しろう》右衛門《えもん》の名跡《みょうせき》もお継ぎになっているのです。可ならざるものは何もないはずですよ。こんな結構な話、はたに相談するまでもないでしょう」

「そうでしょうかねえ」

と、おこんは燃え立つようなルージュをさした唇を、わずかに歪《ゆが》めた。

「ねえ、先生。選り好みは齢ですするもんじゃあござんせんよ」

「ごもっともです」

「だったら、銭のあるなし、生まれ育ちのよしあしですするもんでもございますまい」

「その通り。住之江君もそう考えている。お二方こそ自由の思想を共有せる、理想のモダニストであると言えましょう。実にお似合いです」

「さいですかねえ」

おこんは顔をすっと引くと、蔑《さげす》むような目で永井先生を睨みつけた。

「も少しまともなことを言って下さるかと思いきや、いったい先生も御曹子も、アメリカで何のお勉強をなすっていらしたんだえ」

四

冬の夜空に、熟した柿の実の色の満月が懸かっていた。

ビルディングも煙突も、沖合の舷灯《げんとう》も流れ去ってゆくのに、お月様だけがどうして近付きも遠ざかりもしないのだろう。

同じ東海道線の窓から、同じ赤い月を見たことがあった。思い出を怖れて、おこんは羽毛《はねげ》の襟巻をかき合わせ、二等車の軟《やわら》かな背もたれに身をゆだねた。横浜を寝過ごしてしまうかもしれないが、それならそれで構わない。

磯子《いそご》の孤児院を逃げ出して、上りの汽車に乗ったのだ。顔も名前も知らぬ両親が、新橋の改札で待っているような気がした。近付きも遠ざかりもしない赤い月を見ているうちに、そんなはずはないのだと悟った。

日露戦争の前の、算《かぞ》え九つのときだ。他人様《ひとさま》の財布に手を出したのは、まさかそのときではなかったと思う。だが、たぶん幾日も経たぬうちに、おこんは日本で一等小さなハコ師になっていた。

下りの乗客は浮かれているが、上りの客はたいがい眠っている。はだけたままの懐から札入れが覗《のぞ》いていたり、どうかすると足元に巾着が滑り落ちたりしていた。あとは便所に行って中味を抜き出し、証拠の財布は線路に捨てるだけだった。九つの子供を疑う人はなし、疑われたところでお足に名前は書かれていない。

赤いお月様を見たのは、ドジを踏んだ晩だったかもしれない。今度は孤児院じゃなしに、感化院に送られるのだと思った。

汽車の中を走ったって、逃げきれるわけはなかった。駆けこんだ一等車の中は大騒ぎになった。

鳥打帽を冠《かぶ》った若いおにいさんの、マントの中に隠れた。頭隠して尻隠さずだから、じきにやってきた車掌と財布の主に引き出された。

「何があったか存じませんが、大の男が寄ってたかって小娘を吊るし上げるなんざ、阿《あ》漕ヶ浦《こぎがうら》にもほどがござんしょう」

おにいさんはおこんを奪い返した。思わずその腕を振り払い、胸を押して逃れようとしたのは、初めて知った他人の情けが怖かったからだ。冬でも単衣《ひとえ》を着たきりの乞食娘に、情けをかける人はいなかった。

車掌が居丈高に言った。

「まあお聞きなさい。こいつはとんでもない小女郎《こめろう》だ。前々から怪しいとは思っていたんだが、きょうというきょうはまちがいない。へたにかばい立てすると、あんたにも迷惑がかかる。それとも何か、もしや子供を手下に使う掏摸の元締かね」

おにいさんの顔色が変わった。糸を引いたような細い目が、獣じみて怖かった。

「お察しの通り、と言ったらどうなさる」

今度は車掌と財布の主が気色《けしき》ばんだ。おにいさんはぐいと斜《しゃ》に構えて凄んだ。

「のう、お客さん。あんたがかっぱらわれたてえ財布を、このガキも俺も持っていなかったら、どうなさるおつもりだえ」

おこんは懐に捻《ね》じこんだ財布が消えていることに気付いた。きっとこのおにいさんが、子供をかばうために取り上げたのだ。だとすると、とんでもないことになる。情けを仇《あだ》で返してしまう。

なおまずいことには、一等車の乗客の中から警視庁の非職警部だという男が名乗り出た。三人はおこんの体を検《あらた》めた。それから、神妙にバンザイをするおにいさんの着物や持物も、すみずみまで調べた。

「ほかに共犯《レツ》がいるんじゃあないかね。ハコ師は三人一組が定石だ」

刑事が負けん気をあらわにして言った。

「ほう。てえした自信だの。定石だてえおっしゃるんなら、旦那。寝呆《ねぼ》けまなこの勘ちげえてのは、定石じゃあねえんですかい」

とたんに、財布の主がアッと声を上げた。懐の横ッ腹から、分厚い札入れが出てきたのだった。

「やや、これは何とお詫びしてよいやら。寝ている間に、財布が背中に回っちまっていたらしい。たしかにこの小娘が懐に手を入れたと思ったんだが、ありゃあ夢だったのか」

おこんはわけがわからなくなった。たしかにそれは、客の懐から抜いたはずの財布だった。

車掌が帽子を取って詫びた。

「これはとんだ濡れ衣をきせてしまいました。ここは私に免じて勘忍してやって下さい」

ほう、とおにいさんは苦笑いをした。

「逓信省《ていしんしょう》のお役人がそうおっしゃるのなら聞かんでもねえが、東海道線の車掌てえのは、私に免じてと言うほどたいそうなやつかい。おう、そっちの旦那。おめえさんも隠居の分際《ぶんざえ》で、よくも痛くもねえ他人の腹を探りやがったな。俺ァこうなる前に言ったはずだ。もし出なかったらどうなさるおつもりだえ。出るには出たが、出所《でどこ》はこの寝呆助野郎の懐だ。さあ、どうなさる」

おこんは思い当たった。マントの下に隠れたとき、おにいさんの手が財布を摑んだ。そしておこんの小さな体を奪い返したとき、その女のように白くて細い指先がほんの一瞬、持主の懐に滑りこんだのだ。

この人は手品師かしら。

「おまえさん、どうやら堅気じゃあなさそうだな。叩《はた》けば埃の出る体なら、そう意固地になっても得はあるまい」

非職警部が目角《めかど》を立てて言った。

「叩いてみるかい」

「いや、やめておこう。若いのになかなかの貫禄だ」

刑事に促されて、持主の男は財布の中から一円札を何枚か抜き出して頭を下げた。だが、おにいさんは承知しなかった。

「寝呆助の上前をはねるほど不自由はしちゃいねえ。土下座しやがれ」

「そりゃああんた、いくら何でも――」

「人を盗ッ人よばわりしておいて、どの口が言いやがる。はした金なんざいらねえや、土下座しやがれ。おう、おめえも、おめえもだ」

とうとう三人は、一等車の床に並んで膝をついた。

「お嬢ちゃん、これでいいかい」

おこんは肯いた。悪いのは自分なのだけれど、意地悪な大人たちに頭を下げられるのは気味がよかった。

「やれやれ。とんだ恥をかいちまった。それにしても、いい月ですなあ」

車掌は立ち上がると、照れ隠しのように風流を言った。熟れた柿の実の色のお月様は、相変わらず近付きも遠ざかりもせずに、品川あたりの海の上に浮かんでいた。

おにいさんが鼻で嗤《わら》った。

「ふん。てめえの月かよ」


それからどうしたのだろうと、おこんは目をつむったまま考えた。襟巻の中で顔を倒すと、あの夜と同じ赤い月が、おぼろな記憶を喚《よ》び醒《さ》ました。あれこれ思い出すより先に、ほろほろと涙がこぼれた。

おにいさんはずっと、手をつないでいてくれた。汽車を降りてからは、てるてる坊主のようにマントを着せられた。

新橋の改札には、こんなときでも見知らぬ父と母が待っているような気がした。だからおにいさんの、「おっかさんは」という問いが切なくて、泣いてしまった。

「そんなの、いないやい」

「じゃあ、おとっつぁんは」

「そんなのも、いないやい」

おにいさんは目の高さに屈《かが》みこんで、おこんを抱きしめてくれた。

「もう、うっちゃってっていいよ」

「そうはいくか」

「みんな、知らん顔だよ。だからおにいさんも、知らん顔をしてよ。石ころみたいなもんなんだから」

「そんなふうに言うもんじゃあねえよ」

まるでめぐりあった兄と妹のように、二人はしばらくそうしていた。

「どうして行かないの」

おにいさんの胸を押して言った。どうしても人の情けを信じようとしない、野良猫のようだった。

「俺も石ころだから、人間みてえに勝手には歩けねえのさ」

それからおにいさんは、とても悲しい話をした。十年前に万世橋《まんせいばし》の駅で、親に捨てられたのだ、と。たまたま拾ってくれた人に手品を教わって、今はその芸で食べているのだ、と。

「おまえ、種明かしがわかっていたろう」

うん、とおこんは肯いた。

「やっぱりそうか。そうじゃなけりゃ、あんなに落ち着いているわけねえもんな。見えたのかい」

「うん。お財布をあいつの懐にそっと戻すのが見えた」

おにいさんはおこんの皹《あかぎ》れた手を取って、握りしめたり、反《そ》り返らせたりした。

「目がいいばかりじゃあなくって、器用な手だの。俺と似てる」

おこんは得意になった。孤児院でも、羽根つきと針仕事は誰にも負けなかった。目が飛びきりよくて、手先が器用なのだ。

大勢の人が行き過ぎる。まるで石ころみたいに、二人は屈んだまま動かなかった。機関車の煙が地べたを這ってきて、おこんは少し噎《む》せた。

「したっけ、見えてねえものがあるぜ」

おにいさんはそう言って、おこんの目の前に何枚かのお札を拡げた。見たこともない大黒札《だいこくさつ》だった。

「しけた詫び賃なんざいらねえや。手間は抜いておいた」

おこんを奪い返したほんの一瞬に、おにいさんは財布の中から十円札だけを抜いて、持主の懐に放りこんだのだ。

「手品、教えてよ」

おこんは懇願した。銭金が欲しいわけではない。このごろ走り始めた市電が、夜空に爆《は》ざす青い火花のような一瞬の輝きを、この皹れた手に摑みたかった。

「修業はつれえぞ。辛抱できるか」

胸にしがみつくと、おにいさんは凍えた背中をさすってくれた。

じきに横浜だ。乗り過ごさずにすんだのは、運命なのかもしれない。たとえばあのとき、安吉親分のマントの中に飛びこんでいなければ、いったいどんな人生を歩んでいたのだろうと思った。

親分に相談しなかったのは、答えが知れ切っているからだ。「よかったなあ、おこん」と言われれば、返す言葉もない。だが酔狂者の永井先生までもが、まさかあんな当たり前の答えを口にするとは思ってもいなかった。

どうしようか、とおこんは迷った。

新橋駅の雑踏の記憶が、頭から消えてくれない。石ころのような二人を、人間たちが振り向きもせずに追い越してゆく。油煙が流れ、汽笛が響く。

赤い月に照らし出されたそんな光景を、烏森《からすもり》の烏になった自分が、天窓から覗き見ているような気がした。

五

海岸通り《バンド》には見たこともないくらいたくさんの高級車が止まっていた。どの車も漆塗りのようにぴかぴかだ。

先帝陛下の喪が明けると、巷《ちまた》にはまっさきに陽気なジャズとネオンサインが戻ってきた。満艦飾のホテルから、ビング・クロスビーの甘い歌声が溢《あふ》れ出ている。

聞いたとたんに気持ちが晴れて、おこんはペーブメントを歩きながら独楽《こま》のように回った。カジノ・フォーリーのエノケンも悪くはないが、やっぱりビング・クロスビーだ。

「オェニューアオウアロン、エニィオーナイ、エニューアフィーリンアウオブチューン」

耳で覚えた歌詞を口ずさみながら、羽毛の襟巻やビロードのドレスの裾を翻して、おこんは舞った。

安吉親分はダンスまで教えてくれた。芸のうちには入らないが、大人の嗜《たしな》みだそうだ。さすがに寅《とら》兄ィは例外だが、栄治も常次郎も嗜みとは言えぬくらいの名人だった。

「やあ、お待ちしていました」

住之江男爵はテールコートの盛装で玄関に立っていた。六時はとうに過ぎているのに、すっぽかされるとは思っていなかったのだろうか。もっとも、この男のプロポーズに答えをためらう女はいないだろうけれど。

「ダンスまでお上手だとは知らなかった」

「あら、ご覧になってらしたの」

「二階では評判ですよ。みなさん窓に鈴生《すずな》りで、いったいあの方はどなただろう、と」

「踊りながらパーティに現れる人が、珍しいだけですわ」

「大受けですよ。今夜の花はあなただ」

住之江はさりげなくおこんの手を取って、正面の大階段を昇った。

「みなさまにご紹介して、よろしいですね」

「友人としてなら」

「友人、ですか」

「だって、話が唐突に過ぎますでしょう。たとえば、礼儀を弁《わきま》えぬわたくしが、何か大変な粗相をしたり、みなさまにとんでもない無礼を働いたらどうなさいまして。麻の葉の御家紋に傷がついてしまいますわ」

「ご承諾いただいた、と解してよろしいのでしょうか」

「どうぞ、ご随意に。それより、手袋を忘れてしまいました」

「かまいませんよ。鹿鳴館《ろくめいかん》の舞踏会でもあるまいし」

二階に上がったとたん、おこんはボウル・ルームの花になった。お殿様方は老いも若きも、競っておこんの手を奪い合った。

次々とお相手を替えて踊りながら、おこんはふしぎな気分になった。いろいろあったけれど、苦労の末にここまでたどりついたという気がしないのだ。もちろん、うまい話が降ってきたとも思えなかった。

あの晩の新橋の停車場から下りの汽車に乗り、横浜までやってきた。その証拠には、くるくると舞い踊りながらお殿様たちの肩ごしに、波止場の赤い月が見えた。熟した柿の色の満月だった。

ようやく住之江男爵の胸に戻ったとき、おこんは踊りながら背伸びをして耳元に囁いた。

「少しお酒が回りましたの。外へ出ましょう、お月様の下へ」

公園の花壇には、真冬にもかかわらず赤い夜光の花が咲いていた。

ベンチにハンカチーフを敷き、住之江は壊れ物でも扱うように両手を取って、おこんを座らせてくれた。

「唐突すぎるとあなたはおっしゃるが、恋はいつだって唐突なものです。迷っていたら、成就する恋はありません」

寄り添う膝の上には、山の低さが粋なシルクハットと、羽根飾りのついたクロッシュが並んでいた。不釣り合いは何もないと思う。自分の胸の中に、氏素性を卑下する気持ちなどかけらもないことを、おこんはもういちど確かめた。

「ハネムーンは、ハワイに行きましょう。ほら、あそこから船に乗って」

住之江の指さす大桟橋には、見たためしもない大型客船が停泊していた。

この人は完璧だと思った。財産や名誉はさて置くとしても、何だって自分の思い通りになると考えている。もちろん、何だって思い通りになる。こういう男の女房は、きっとらくちんにちがいない。それこそ、大舟に乗った気分でいればいいのだから。

おこんはいくらか高みに昇った月を見上げた。

「慣れぬ言葉を使っていたら、肩が凝ってしまいましたの。素《す》に戻ってよろしゅうございましょうか」

「はい。あなたの声でご返事を聞かせていただきたい」

「かしこまりました。それでは」

おこんは立ち上がって少し歩き、振り向きざまに帽子も襟巻ももろともに、千金の札束を夜空に投げ散らした。

「おう、住之江の御曹子。月光価千金たァ、よくぞ言ってくれたものだの。石ころが見ようがダイヤモンドが見ようが、お月様の値打にァ何のかわりもねえ。この紙吹雪はつい今しがた、私《わっち》のお相手をなすった殿下閣下の懐から掏り取った金さ。財布はちゃんと元に戻してあるから、騒ぎになるまでには間があろうが、さて、思い通りにならぬどころか思いもかけねえこの始末、おまえさんはどうなさるおつもりだえ。まあそれはそれとして、今さっきの洒落《しやれ》たお言葉だが、唐突なものなら唐突に終わってもようござんしょう。そんじゃあ若旦那、三千世界も金輪際、ごめんなすっておくんなさんし」

新橋の停車場で、命と引き換えてでも欲しいと思った青い火花は、どうにか手放さずにすんだ。

歩きながら、接吻《せつぷん》ぐらいしてやりゃあよかったかと思い直し、おこんは立ちすくむ影に向かって唇を投げた。

「話はそれでしめえさ」

いつの間にかおじいさんの胸に、顔を埋めてしまっていた。

「やっちまったことは仕方ねえが、格好はつけろよ」

それから、寝つかれぬ子供をあやしでもするように、おじいさんは嗄《しわが》れた声で唄い始めた。どこかで聞き憶えのある歌だった。

もう少し早くに聞いていれば、と思った。今さらどうしようもないけれど、親の顔も知らずに育つあの子が、いつかどこかでこの歌を聞いてくれればいい。

おじいさんの歌声は、白くて長い廊下にこだました。

ただひとり　寂しく　悲しい夜は
帽子を　片手に　外へ出てみれば
青空に輝く　月の光に
心の悩みは　消えて跡もなし

第三夜

箱師勘兵衛

見知らぬ客人が事務所を訪れたのは、湿った夏の晩だった。

突然の捜索《ガサ》を食らったところで、ヤバい物は何も置いてないし、殴りこまれるような揉《も》めごとも抱えてはいないはずである。それでも当番の若い衆は息を詰めて、モニターに目を向けた。

「ちっちぇえな。子供か」

「ガキがうろちょろする時間かよ」

「ピンポンダッシュとかじゃねえの」

「ダッシュしねえぞ。あ、じじいだ」

あたりを見渡して監視カメラに気付き、小柄な老人は愛嬌《あいきよう》たっぷりに手を振った。

「じじいで油断させといて、ドアを開けたとたんにズドン」

「ありえねえって。ボケて部屋まちがえたんだ」

インターホンで「どちらさんでしょう」と呼びかければ、あんがい正気の声が返ってきた。

「村田と申しやすが、親分さんはおいでですかね」

「親分?――ああ、会長なら事務所にはたまにしか顔を見せませんけど」

「さいですか。いつでも寄ってくれっておっしゃるもんだから、ちょいと思いついたんですがね。夜分お騒がせいたしやした、ごめんなさんし」

妙に垢抜けた物言いである。もしや親分の義理ある人か、引退した伯父貴分だったら大変だと思い直し、若い衆は玄関に走ってドアを開けた。

「あの、よかったらお茶でも」

階段を下りかけた老人は、にっこりとほほえみ返した。

「躾《しつけ》のいい若《わ》え衆《し》だの。そんじゃ、ちょいと涼ませてもらおうかい」

――と、そうした次第で事務所に招き入れ、麦茶をふるまったはよいものの、老人の正体はまるで知れなかった。ただ、「親分さんとは古いよしみ」とくり返すだけである。

もし本当ならば粗相はできないし、かと言ってこの夜中に兄貴分を叩《たた》き起こして訊くわけにもいかない。そうこうするうち、老人は胡坐《あぐら》をかいたままソファに沈んで眠ってしまった。

すると腕組みをした作務衣《さむえ》の襟が緩んで、真青な彫物が覗いたのである。いよいよ油断がならない。

長い務めをおえてシャバに舞い戻ってきた、懲役ボケの年寄りか。代紋は同じでも知った顔などほとんどなくなっていて、ずっと齢下だが「古いよしみ」にはちがいない親分衆を訪ね歩いては、小遣をもらっている。

「だろ。ほかに考えようはねえって」

「だとしても、会長とは親子ぐれえちがうぞ。うちのジジイよりか齢上だ」

縄張り《シマウチ》に五つ六つも事務所を構える親分は、雲の上の人である。ろくに言葉をかわしたこともないが、たまに立ち寄ったときには当番の若い衆に必ず小遣をくれる。

「おめえ、金持ってるか」

「何だよ。いくらかならあるけど」

「これ、会長からって渡せば帰るだろ」

「どうして俺らが小遣渡さなきゃなんねえんだ」

「ほかに手はねえだろ。それとも、朝までこうやってるんか。もともと会長からもらった小遣だと思や、もったいなくもねえさ」

「もし何かの勘ちがいだったらどうする」

「パチンコで負けたと思おうぜ。粗相をして兄貴からヤキ入れられるよりはマシだ」

「村田さん、だったよな。あとで兄貴にかくかくしかじかって言やァ、金は返ってくるかもしんねえし」

「やめとこうぜ。もし俺らの勘ちがいだったらヤキ入れられる。ともかく一万ずつ」

なけなしの金を出し合っていると、老人がファッと伸びをして振り返った。

「若い衆さん、気を遣わねえでおくんなさいましよ。私《あつし》ァおめえさん方から兄ィの伯父貴のと言われる筋合いじゃございません。なにね、このごろ私もお友達が少くなりやして、あんまし暇なもんだからシゲの野郎に電話を入れたら——」

老人は失言に気付いたように口をとざし、若い衆は顔を見合わせた。

シゲって誰だ。シゲの野郎って。

思わず神棚に目を向ける。山王様のごつい御札に書かれている会長の名前は、たしかに「繁《しげる》」である。

「そしたらね、きょうは宵の口から親分衆の寄り合いがあるもんだから、もし遅くでよかったらこの事務所に来てくれめえかって」

話が読めぬまま、若い衆は神棚の下のホワイト・ボードに視線を滑らせた。きょうは八月十日。赤いマーカーで「1800・会長・十日会」と書かれている。お伴をする幹部連の名前も。十日会とは、毎月十日に催される親分衆の親睦会である。

「てことは、会長とここでお待ち合わせですか」

「待ち合わせ、ってほどのことじゃございません。何なら日を改めようかって言ったら、いんや、きょうのほうが都合がいいって吐《ぬ》かしゃあがる。相も変わらぬせっかちだが、この面がそんなに借りたきゃ行ってもやらあ、てえ話になりましてね。それにしたって、人を呼んどいて待たせるたァ、あんまし褒めたこっちゃないねえ」

老人は壁の時計を見上げ、「いや、待てよ」と苦笑した。

「年寄りにとっちゃ夜遅くでも、今の世間じゃあまだ宵の口か。せっかちは私かもしれやせん」

ちょうどそのとき、ビルの前に車の止まる気配がして、クラクションが軽く二つ鳴った。会長が到着した合図である。

「マジかよ」

窓を開けると、ネオンを背負った黒塗りのリムジンが、道路をせき止めて何台も並んでいた。何台も、だ。

「マジかよ。聞いてねえよ」

「電話ぐらいくれって」

リムジンのドアが次々と開けられて、見憶えのある顔を路上に吐き出した。十日会の帰りがてら、どうして大貫禄の親分衆がこぞって、こんな末端《エダ》の事務所にやってくるのだ。

「茹《う》だるような夏の晩に、さぞかし寒《さぶ》い話だろうが、おめえさん方には何の落度もござんせんよ。冷えたビールに乾き物でも出して、知らんぷりをしてりゃあそれでよござんしょう。ついてねえどころか、果報な若い衆だ」

天切り松は藍の作務衣の膝を叩いて、からからと笑った。

一

寅《とら》兄ィにはけっしてなおざりにせぬ律義ならわしがあった。

盆の藪入《やぶい》りも過ぎたころ、二百三高地で戦死した部下の家を訪ね歩いて線香を立て、たいそうな香奠を置く。けっして長居はしない。

「てめえの気の済むようにしているだけでござんすから」と言って、さっさと退散する。

松蔵がお伴をするようになった大正九年には、三日がかりで十何軒も回ったものだったが、震災のあと行方知れずになった家もあり、あんまり申しわけないからご容赦下さいと断わる人などもあって、昭和の今では五軒ばかりの務めになっていた。

稼業は横浜港の口入れ屋、所帯は持たないが松蔵は遠縁から貰《もら》った養子、ということになっている。横浜は遠いし、港湾荷役《にやく》の口入れ稼業と聞けば、やくざ者ではないにせよ堅気とも思えないから、お返しを持って訪ねてくる者もない。うまい嘘である。

二十何年前の日露戦争が語りぐさになっても、寅兄ィの巡礼の旅は終わらなかった。

「のう、松公。今さっき便所に立って気付いたんだが――」

車窓から陽ざかりの夏景色を眺めたまま、寅兄ィは唇も動かさずに言った。目の先の相方にしか届かぬ、真昼の闇がたりである。

「おめえの背うしろの斜向《はすか》いに、箱師がいる」

松蔵は立ち上がって、さりげなく網棚の上の荷物を検《あらた》めるふりをしながら列車の中を見渡した。二つ三つ先の席では、白勝ちの薄物に絽《ろ》の黒羽織を着た、楽隠居と見える上品な老人が居眠りをしていた。

「まさか、あのじじいですかい」

寅弥は口元を綻《ほころ》ばせて苦笑した。

「おうよ。箱師勘兵衛《はこしかんべえ》と言やァ、日本中の盗ッ人でその名を知らねえ者はなかった。明治四十二年の大検挙でお縄を打たれたあとは噂にも聞かねえが」

今さら声をかけたものかどうかと、寅兄ィは迷っているのだろう。

信越線の急行列車は松井田のスイッチバックに止まったまま、動こうとはしなかった。上りの列車が遅れているのか、いや、何やら大声を上げながら窓の下を人が行き来しているから、線路に不具合でもあるのかもしれない。

「ご挨拶はよろしいんですかい」

「昔の仲間に声かけられて、いい気持ちはするめえ。あの耄碌《もうろく》ぶりなら、こっちが名乗ったところで覚えちゃいめえよ」

箱師とは、列車の中を仕事場とする掏摸《スリ》のことである。二人か三人が一組になって、乗客から掏り取った財布や時計を次々と手渡してゆくから、捕まったところで証拠は出ない。とんだ濡れ衣を着せやがってと、開き直って詫び賃をせしめるのも芸のうちである。

「すっかり好々爺《こうこうや》になっちまった。しこたま貯めこんでやがるんだろうなあ。盆が明けて汽車も空《す》いたころ、草津か別所にでも出かけてのんびりしてくるんだろう」

なるほど二等車にぽつりぽつりと座る乗客は、盆明けを待って湯治に向かう年寄りと見えた。

「寅兄ィもぼちぼちいかがです。はたから見りゃあ似た者ですぜ」

何年か前ならゴツンと拳固をもらうところだが、このごろでは本心《マブ》で考えこむような顔をするから、冗談も滅多には言えない。

「そうよなあ。天切り松の兄ィを、こんなふうにいつまでも引っ張り回すのも、何だなあ」

女房子供も持たず、これといった道楽もない寅兄ィだが、足を洗って隠居をするほどの貯えなどあるはずはなかった。

「ねえ、寅兄ィ」

松蔵は莨《たばこ》を勧めた。

「何でえ。俺に説教しやァがるか」

「いや、そんなつもりはござんせん。俺だってガキの時分からずっとお伴をさしていただいて、今さら面倒だなんて思やしませんよ。けどね、日露戦争から二十何年も経って、もう十分に義理は果たしたんじゃねえんですかい。香奠を頂戴するほうだって、たいげえ心苦しいと思いやす。ねえ、兄ィ。そもそも兄ィに何の非があるわけじゃあねえんだ。ここいらでよしにしときませんか」

実は安吉親分にそう言いつかったのである。寅の律義もたいがいにさせろ、と。

幼い時分からのならわしだから、深く考えたためしもなかったのだが、麻背広とネクタイが様になる齢になれば、松蔵も物思わぬわけではない。二百三高地で生き残ったことが罪であるはずはなし、それを承知で毎年大枚の香奠を受け取っている遺族も、気が知れなかった。

兄ィは悲しげな顔をした。手を伸ばして陽除《ひよ》けを下ろすと、翳《かげ》った坊主頭が真白に見えた。もしや兄ィは盗ッ人の揚がりを霊前に供えているのではなく、香奠のために盗ッ人をしてきたのではなかろうか、と松蔵は思った。

「寅兄ィが悪いわけじゃねえだろ」

「いんや。俺のせいだ」

「そんなわけねえって。名誉の戦死とまでは言わねえが、兵隊を殺したのは戦争だぜ」

「いんや。死ねと命じたのは俺だ」

「そうじゃあねえよ。もっと偉いやつらが命令したんだ」

「いんや。弾の下にいたのは俺だ。突っこめば死ぬとわかっていたのは、俺ひとりだ」

「そんじゃあ訊くが、兄ィと同じ立場の軍曹殿が、みんな二十何年も線香立てて、香奠置いているかい。お国の詫び賃だって、雀の涙みてえな一時金でしめえだろうが。それを何だって兄ィひとりが――」

　そこまで言ったとたん、久しぶりの拳固が松蔵の額に飛んできた。

「野郎、軍隊の物相飯《もっそうめし》も食ったことのねえおめえが、どの口で物を言いやがる。いいか、松。他人がどうかは知らねえ。俺は俺の気が済むようにしているだけだ。物事のよしあしが数の多寡《たか》で決まってたまるか。みなさんがどうの、お国がどうのなんてえ理屈はどこにもねえぞ。一緒にくたばるはずが生き残っちまって、面目ねえって気持ちにァ、しめえも終わりもあるもんか。面倒ならばてめえなんぞに用はねえ。碓氷《うすい》の峠を越える前《めえ》に、横川《よこかわ》からとっとと東京へ帰《けえ》れ」

　あたりを憚《はばか》る闇がたりなどは吹き飛んでしまった。傍目《はため》には降って湧いた親子喧嘩だろう。

　ふいに、柔らかな声が割って入った。

「マアマア、この陽ざかりに汽車が止まったまんまじゃあ、苛立つ気持ちもわかりますがね」

　まったくばつの悪いことに、五合徳利を提げて向かいに座りこんだのは、箱師勘兵衛である。

「年寄りの節介だが、マア、おやんなさい」

　と、盃を向けて酌をしながら、勘兵衛はたしかな闇がたりで、「寅、久しぶりだの」と言った。

「わかってらっしゃったんで」

　寅兄ィは気まずそうに盃を受けた。

「往来ですれちがうならともかく、汽車《ハコ》の中の目配りは、昔とった杵柄《きねづか》だあな」

　色つやはいいが、六十はとうに過ぎているであろう。お江戸生まれの老人と並べば、寅兄ィも若返って見えた。

「倅かい」

「いいえ、目細《めぼそ》の若い衆でござんす」

「ほう、安吉の子分かい。なるほど洒落たなりをしてるの。するてえと、ずいぶん齢の離れた兄弟分てえことになるが、それにしちゃあ五寸《ごすん》の口を利いてやがった」

　松蔵が言いわけをする前に、寅兄ィが庇《かば》ってくれた。

「いえね、落度はすっかりヤキが回っちまった私《あっし》のほうにあるもんで。こいつの言うことはいちいちもっともでござんす」

　勘兵衛は返盃をくいと空けて、松蔵を睨《にら》み据えた。

「やりとりは嫌でも耳に入《へえ》ったがよ。それにしたっておめえさん、親子ほども齢の離れた大兄ィに向かって、でももしかしもござるめえ。やくざ者だって、上の者から白いと言われりゃあ、黒い烏も白いんだぜ。ましてや、おめえさんは職人だろう。兄ィの言い分に四の五のと文句をつけちゃなりません」

　へい、と答えて松蔵は肩をすくめた。

「年寄りが口幅ってえこと申しやした。聞き流しておくんなさいよ」

盃を受けながら、松蔵は老人の垢抜けた物腰に見惚《みと》れた。寅兄ィが背筋を伸ばしたまなのだから、かつてはよほど名の売れた職人だったのだろう。だが、それらしい貫禄はきれいさっぱり拭われて、余生を淡々と過ごす隠居の清潔さを感ずるばかりだった。

汽車が動き出した。アプト式の歯車を嚙ませて碓氷峠を越えれば信州である。

「ところで、親分はどちらまで」

と寅弥が訊《たず》ねれば、

「親分なんて、よしとくれよ。なに、楽隠居の暇にかまけて、軽井沢から軽便鉄道に乗りやしてね、しばらく草津の湯にでも浸かってこようてえ魂胆なんだ」

「そいつは豪気な話だ」

寅兄ィはあからさまに羨《うらや》んだ。盗ッ人の多くは、いずれ監獄で野垂れ死ぬ。手指を納めて湯めぐりをするなど、夢のような話だった。この老人はよほどの名人で、なおかつその人生はよほど幸運だったのだろう。

「実は私《あつし》も、ぼちぼち手仕舞いにしようかと思っておりやしてね」

寅兄ィは溜息まじりに言った。

「へえ。で、おめえさん、いくつだね」

「算《かぞ》えの五十四でござんす」

「早かろう」

と、勘兵衛はにべもなく言った。

「そこいらの小悪党ならともかく、天下の説教寅ともあろうお人が、五十四で出刃を納めるのァもったいねえなあ」

汽車はごりごりと歯車を噛みながら、国境いの峠を登り始めた。二等車を吹き抜ける風が冷えていった。

「盗ッ人稼業に、早《はえ》えも遅《おせ》えもござりますめえ」

「いや、それァてめえの利得で仕事をする小悪党の話だろうよ。目細の安吉が身内にァ、そんな野郎はいねえはずだが」

寅兄ィと松蔵のやりとりを、勘兵衛は聞いていたにちがいない。いったい闇がたりを地声に変えて、何を話してしまったのだろうと松蔵は思い返した。

それからしばらくの間、勘兵衛と寅弥はみごとな闇がたりで、古い仲間の消息や懐しい思い出話をかわし合った。

「どうも汽車旅てえのは、足がだるくなっていけねえ」

話しながら勘兵衛は下駄を脱いで、二等車の座席にちんまりと座りこんだ。そうすると小柄な体が、まるで福助の置物みたいにいっそう小さくなった。

軽井沢での降りしな、勘兵衛はプラットホームから窓に伸び上がるようにして、「安吉によろしく伝えておくんない」と言った。

謎の客人を応接セットのまん中に据えて、「十日会」の錚々《そうそう》たる顔役たちがかしこまっている。当番の若者たちにしてみれば、日ごろ影をも踏めぬ親分衆である。その外巻きには、黒背広の貫禄もたっぷりの兄貴分たちが壁になっていて、事務所は狭苦しかった。

いっときも居たたまれぬ雰囲気だが、出て行けとも言われないから、若い衆はじっと窓際に立っているほかはなかった。

タバコの火は兄貴たちが向けるし、ビールは手酌である。あとから不調法を叱られるのではないかと、若者たちは気が気ではなかった。

いや、何よりも親分衆が背筋を伸ばして承るような話を、行き場を失ったとはいえこんなふうに立ち聞きしてもいいのだろうか。

客人は酒を飲まない。むろん無理強いする親分もいない。麦茶で唇を湿らせて、天切り松は話の合間に言った。

「昔の盗ッ人は仁義を弁《わきま》えていて、平場の掏摸《モサ》は乗物の中じゃあ仕事をしなかった。汽車、市電、地下鉄、船、それァ同じ掏摸でも箱師の領分と決まっていたからの。箱師と聞けば、大道で面と向かって掏るよりは安い仕事にも思えようが、どっこいそうじゃあねえ。なにせ逃げ場のねえ乗物の中で、万にひとつも失敗の許されねえ芸だ。腕もたしかで目端《めはし》も利いて、そのうえ仲間の二人か三人、掏った獲物を間髪いれず次から次へと手渡していくてえ、チームワークもなくちゃならねえ。そうだ、俺ァこのごろテレビで、サッカーの試合を見るのが楽しみなんだが、どうもあのパスワークてえのを見ていると、箱師の芸を思い出すのさ。満員の市電の中だって、掏った財布はポンポンと仲間の手に渡り、的が気付いて騒ぎ始めたころにァ、もう影も形もありゃしねえ。さて、これが市電じゃあなくって、神戸行の特急燕《つばめ》やら、南満洲鉄道のあじあ号だったらいよいよ大仕掛けだ。的は一等展望車にてふんぞり返《けえ》るお大尽、そんなら掏摸もそれ相応の紳士に見えずばなるめえ。燕号なら停車駅は、横浜、国府津《こうづ》、名古屋、大垣、京都、大阪。東京から神戸までは九時間。一味は時刻表を頭に入れて、停車の五分前に仕事にかかる。まずは先手《さきて》の紳士がお大尽のチョッキのポケットから失敬した金時計《キンマン》、便所に立つと見せかけて、二等車の共犯《レツ》にすれちがいざまのパス。で、その二番手は満員の三等車からやってきた着流しの袂《たもと》にパス。そこからは二人か三人、小刻みのパスワークで先頭の車両に控える子分が受け取ったあたりが、ちょうど国府津駅のホームてえ寸法だ。超特急がどうして国府津なんぞに停まるかてえと、箱根越えの後押し機関車をくっつけるためで、その手間はたったの三十秒、汽笛一声出発しちめえば、次の名古屋までは四時間も走りっぱなし、お大尽がどう騒いだところで後の祭りさ。下りは国府津と関ヶ原越えの大垣、上りはやっぱし箱根越えの沼津が、箱師一味の勝負どころと決まっていた。その箱師の、後にも先にも現れめえてえ名人が、仕立屋銀次一門、二千人の手下《てか》のうちでも別格の舎弟分と謳《うた》われた、人呼んで箱師勘兵衛てえお人だった」

天切り松のくわえたタバコにライターの火を向けて、親分衆のひとりが言った。

「で、とっつぁんは信越線の汽車の中で、引退したその勘兵衛親分に会ったんですね」

うまそうに煙を吐き出しながら、天切り松は苦笑いをした。

「会っただけじゃあ話にもなるめえ。こうして十日会の親分衆が、寄り合いの帰《けえ》りにわざわざ俺を囲んでくれているんだ、会ったの会わねえのなんて与太話じゃあ、おめえらも承知できねえだろう。まあ、楽にして続きを聞きねえ」

天切り松は並居る親分衆の顔を眺め渡してから、おもむろに話を続けた。

二

田中うめ、という名前しか知らなかった。

夫が戦死したあとも深川猿江《さるえ》町の長屋に住み続けて、工場《こうば》の賄《まかな》いをしながら二人の子供を育てていた。

ところが、大正十二年の大震災でそのあたりは焼け野が原となり、うめも子供らも行方知れずとなった。

寅弥はあきらめなかった。犠牲者の名簿に見当たらぬのだから、きっとどこかで暮らしている。生きている限りは力にならねばと、うめを探し続けた。そしてようやく、尋ね歩いた人の口から、信州佐久《さく》の縁者を頼って暮らしているはずだ、と聞いたのだった。

おかしなことには寅弥も松蔵も、そこが尋ね人の行方などすぐに知れる小さな村だとばかり思いこんでいた。しかし佐久盆地といえば大信州の米どころ、多くの町村を抱えた広い土地だった。まずは駅前の商人宿に腰を据え、手分けしてあちこちの村役場やら米屋炭屋やらを訪ねて、珍しくもない「田中うめ」を探さねばならなかった。

日照りの夏である。毎日汗みずくになって、寅弥の着物も松蔵の麻背広もくたびれ果てた数日後、あんがいのことにたまたま相部屋をした薬の行商人から所在が知れた。

「齢のころなら四十二か三、したっけどうにもそうとは見えぬ別嬪《べっぴん》で、東京の言葉を遣う田中さんと言ったら、まずまちがいはねえ」

明日は帰ろうか、と寅弥がついに弱音を吐いた晩である。行商人の荷の中から、虫下しだの熱さましだの、果ては眉唾にちがいない滋養強壮の丸薬だのをしこたま買ったうえ、その夜はほかの客まで引っ張りこんでの大盤ぶるまいとなった。

寅弥のあまりのはしゃぎように、わけを知らぬ人々は首をかしげた。

「旦那、その田中うめさんてえ人は、生き別れたコレですかかね」

と薬屋が小指を立てれば、寅弥はからからと笑いながら、

「馬鹿野郎、俺がそんな下衆《げす》に見えるか」

「したっけ旦那、まるで二百三高地を取ったみてえなはしゃぎようですぜ」

「おうよ。まったくおっしゃる通りさ。二百三高地は難攻不落の東鶏冠山《ひがしけいかんざん》一番乗り、

取ったァー、バンザーイ！」

人々はみな声を揃えたが、松蔵はとても万歳をする気にはなれなかった。

幼い時分から、この盆明けの巡礼のつど聞かされてきた話は、松蔵の胸に澱《お》り重んでいる。

兵隊は誰もが、吶喊《とっかん》のとき「おっかあ」と叫ぶのだそうだ。妻か母かはわからない。その「おっかあ」が「カア」と聞こえる。烏のようにカアカアと鳴きながら、兵隊は片ッ端からなぎ倒されていった。

東鶏冠山の頂きからは、黄土色などひとつも見えなかった、と寅兄ィは言った。山肌は遥かな麓《ふもと》までが、日本兵の軍服と溢れ出た血の色で、漆を撒《ま》いたような真黒に染まっていた。

その山頂に日の丸を立てた河野軍曹の戦は、まだ終わっていない。勝とうが負けようが、いくら時間が経とうが、寅兄ィの戦争は終わらない。


ポンコツの乗合バスに一時間も揺られ、山間《やまあい》の温泉宿から林道を登りつめた果てに、まさかと思える小さな集落があった。

途中で運よく森林軌道のジーゼルに出会わなければ、森の中で日が昏《く》れてしまっていただろう。

貧しい土地は一面の蕎麦畑《そばばたけ》で、むろんそれだけで人が生きられようはずはないから、家々の多くは炭焼きをするか、山林伐採の仕事についていると思えた。いずれにせよ都会に生まれた寅弥や松蔵には、想像もできぬ暮らしである。

そして、やはり自然の広さ険しさを知らぬ二人は、薬屋から山奥だと聞いていても、まさかこれほどまでとは考えていなかった。酒を過ごしたせいもあって、のんびりと午《ひる》下《さが》りに宿を発ったが、たどり着いたのはたそがれどきである。

来客を見つけたのは、年端もゆかぬ子供だった。

「田中うめさんのお宅はどちらかね」

寅弥が訊ねると、子供は段々の斜面を駆け上りながら「おっかちゃーん」と呼んだ。じきに石垣の上から、女が顔を覗かせた。ひとめでそうとわかった。深川の長屋にいたころと、どこも変わってはいない。むろん身なりは粗末だが、野良着は洗い立てで、色白の小さな顔は薄化粧でもしているように見えた。

うめは冠《かぶ》りものを取って頭を下げたなり、両手で顔を被《おお》ってしまった。

「やあ、お達者で何よりだ。人伝《ひとづて》に聞いたもんで、湯治がてらちょいと寄らせていただきやした」

寅兄ィは間の抜けたことを言った。東京の街なかでもあるまいに、くたびれ果てた顔をして、「人伝に聞いた」も「ちょいと寄った」もないものだ。その苦労がとっさにわかったからこそ、女は泣いたのである。

気がかりは子供だった。「おっかちゃん」がほかの誰でもないことは、腰にまとわりつくしぐさからもそうとわかった。

松蔵は寅弥の背うしろから囁《ささや》いた。

「所帯を持ってるようだぜ。間《ま》が悪いんじゃあねえかな」

寅兄ィは茜色《あかねいろ》の夕陽の中で、声もなく立ちすくんでしまった。いつだってそうだ。まっつぐにしか歩けねえ寅兄ィは、アテがはずれるとたちまち地蔵になっちまう。

しかし、考えても見れば、もし再婚したのなら苗字は変わっているはずである。薬屋も森林軌道の運転手も、たしかに「田中うめ」と言っていた。もしや、うめが顔を被って泣くのには、のっぴきならぬわけがあるのかもしれない。

うめは家の中を気にするふうをしてから、そそくさと石段を下りてきた。家には誰かがいると思えた。

「もし不都合がござんしたら、このまま退散いたしやす」

地蔵になった兄ィになりかわって、松蔵は小声で言った。そのとたん、うめは寅弥の足元に土下座をした。

「すみません、そうして下さい。位牌《いはい》は震災のとき焼いちまったまんまなんです。どうかこの足でお引き取り下さいまし」

あー、と寅弥は溜息と一緒に体をすぼませて、うめの前に屈みこんだ。

「あれこれ詮索するつもりはねえが、幸せにやってなさるか」

聞かぬほうがいい、と松蔵は勘を働かせた。無事に育った子供らは巣立ち、母は新たに所帯を持って晩《おそ》い子を授かった――そう思いこむのは簡単だが、地べたに手をついたまま顔を上げようとしない痩せた背は、不幸の匂いにくるまれていた。

「坊ちゃん嬢ちゃんは、お元気なのか」

松蔵の手を振り払って、寅弥は訊ねた。うめは答えなかった。

「のう、おうめさん。要らぬ節介かもしらねえが、泣かれたまんま背を向けるわけにはいかねえ。何だって聞かせちゃくれめえか」

小径《こみち》の左右は貧しい蕎麦の畑である。茜色に呑《の》まれていた慎ましい花が、西山に陽の沈むほどに真白く開いたような気がした。

うめは花が囁くように言った。

「倅は震災のとき、行方知れずになっちまいました。娘はこっちへ来てからじきに、買われていきました。申しわけありません」

松蔵は思わず舌打ちをした。言わんこっちゃねえ、兄ィのお節介め。聞かずともいいことを聞き、言いたくもねえことを言わせちまったじゃねえか。

「そいつはお気の毒だ」と口を挟んで、松蔵は寅弥の袖を引いた。

「ご位牌も焼けちまったんじゃあ、線香の立てようもねえや。さ、おいとまいたしましょう」

うめは伏し拝むように詫び続けた。寅弥が毎年の盆明けに届けた香奠は、子供らを育てる足しになっていたはずである。その子供らを不幸な目に遭わせてしまったのだから、詫びるのは当たり前だが、松蔵は気の毒に思うどころか不愉快になった。震災で行方知れずになった倅は仕方がないとしても、娘を売るというのは許し難かった。

寅兄ィは振り分けに担いだ信玄袋の口を解いた。

「やめときない」と、松蔵は叱るように言った。どれほど苦労をしたにせよ、親が子を売ったのはたしかなのだ。しかもてめえは所帯を持って、また子供までこしらえている。二百三高地で死んだ亭主も、その忘れ形見も、みんな最初《はな》からいなかったことにしちまった女に、このうえかける情けはないと思った。

「おめえ、俺に指図しやあがるか」

「ああ、言わせていただきやす。お人好しもたいげえにしなせえ」

松蔵は袱紗《ふくさ》を毟《むし》り取った。中味は十円か二十円、鄙《ひな》の暮らしには目のくらむような大金が入っているにちがいなかった。

いや、金額の多寡などどうでもいい。事情を知っても香奠を渡そうとする兄ィの本心が読めたのだった。相手が不自由をしていようがいまいが、幸せになろうがなるまいが、寅兄ィはどうでもよいのだ。ただ、生き残ってしまった自分が情けなくて、悲しくって、切なくて仕様がないのだ。

まさかそうとは言えない。松蔵は思いを呑み下して、当たり前の説教をした。

「焼けたご位牌を誂《あつら》え直さねえのは、それなりのお考えがあってのことでござんしょう。だったら、手前勝手に香奠を渡すなんざ、かえってご迷惑なんじゃあねえんですかい。

今のご亭主の身になってごらんなさい。男ならばそんな銭は、まちがったって受け取れねえ」

寅兄ィはしおたれてしまった。蕎麦畑の中に立ち上がると、背筋を伸ばしきれずに膝頭に手を当てて、しばらく夕まぐれの白い花を眺めていた。いつだって背に旗竿《はたざお》を立てているような寅兄ィの、そんな姿を見るのは初めてだった。

松蔵は見もせぬ戦場のまぼろしを見た。

もしや田中一等卒は、朱《あけ》に染まって息の上がるそのとき、河野軍曹に何かを言い遺したのではなかろうか。

寅兄ィは膝に両手を据えたまま、松蔵にもうめにも背を向けてしまった。そして西山の茜雲に坊主頭を晒《さら》して、誰に言うでもなくたったひとこと、「すまねえ」と呟いた。

けっして他人に頭を下げぬ寅兄ィは、きっと天皇陛下や乃木将軍になりかわって、田中一等卒に詫びたのだろうと松蔵は思った。

「ちっとも迷惑じゃあございませんよ」

ふいに声をかけられて振り返ると、夕映えの消え残る石垣の高みに、褌《ふんどし》と腹掛けの薄汚れた男が佇《たたず》んでいた。

「夜道を帰して熊に食われでもしたら、後生が悪すぎやす。どうぞお上がりなさいまし」

物言いも面相も、堅気には見えなかった。

「さて、若《わけ》えみそらで寡婦《かふ》となったおうめさんが、そういつまでも死んだ亭主に操《みさお》を立てる義理もあるめえ。なにせ出征のときにァ、上の伜がよちよち歩き、下の娘はまだ腹の中だったてえんだから、同じ赤紙を書くにしたって、も少し物を考えてくれりゃあよかりそうなものさ。で、亭主は名誉の戦死、下賜《かし》された雀の涙の一時金なんざ、飯の種にもなるもんか。女手ひとつでようよう育て上げた伜は大震災で行方知れず、おおかた勤め先の工場に近い本所の被服工廠《こうしょう》跡で焼け死んだ、三万と二千の中に入っていたんじゃあねえかてえ話だった。大東京は影も形もねえ焼け野が原、ここはひとまず死んだ亭主の縁者を頼って娘ともども信州へと落ちたんだが、そこで出会ったのが同じ田中の苗字を持つ、亭主の従弟《いとこ》てえろくでなしだった。とうの昔に勘当され、東京で半ちくなやくざに身を堕《お》としていたが、やっぱり震災で焼け出されて故郷に舞い戻っていたのさ。何でも、死んだ亭主が親がわりにあれこれ世話を焼いて、飯を食わせたり小遣銭をくれてやったりしていたてえから、そもそもがおうめとは知らぬ仲じゃあねえ。そうこうするうちに、東京から舞い戻った厄介者なら相身たがい、いっそ所帯を持たしちゃどうかてえ話になった。齢は男のほうが三つ下だが、女には連れ子もあることだし、わけあり同士で釣り合わんでもあるめえ。折しも震災特需の材木の伐り出しは大忙し、この際だから山に入って働けば、食うに困らんばかりか小銭も貯まる。親は親で、まとめて厄介払いができるんだから妙案じゃあねえか。ところが——」

天切り松はそこまで語ると、まるできのうの出来事を振り返るように暗い顔になった。

「気の毒な話だな」

と、ネクタイをくつろげながら、年若い親分衆のひとりが呟いた。

「おめえさん、いい親分だな。男はいつだって、女子供の弱い身になって物を考えなけりゃあいけねえよ。そうさ、気の毒な話だ。だが、そのろくでなしはおうめを了簡《りようけん》させて娘を売ったわけじゃあなかった。母親の目を盗んで手ごめにしたあげく、高崎の女郎屋に売り飛ばして、その銭せえ三日と持たずに博奕《ばくち》を打《ぶ》って、そしらぬ顔で帰《けえ》ってきたてえんだ。まったく、とんでもねえろくでなしもいたもんだの」

天切り松は若い親分の顔を、眩《まばゆ》げに見つめた。

「おめえさん方もろくでなしにはちげえあるめえが、親分の貸元のと呼ばれるからには、物事の善悪は心得ておろう。いいかえ、ろくでなしでもごくつぶしでもかまわねえが、女子供を飯の種にするのは、外道《げどう》でござんすよ。股倉にぶら下げた金玉の目方がどれほどのものか、男だったらいつだって承知していなけりゃなりやせん」

三

口数が多く、妙に如才ない男だった。

もっとも、寅弥にも松蔵にも酒の肴にするような話題はないのだから、男は頂戴した大金の分だけのお愛想を、ふりまき続けねばならないのだろう。

娘の所在を知らん顔で訊ねると、富岡の製糸工場に伝《つて》があって、いい給金を貰っているばかりか、そう遠くはないから月に一度は里帰りをしています、としらじらしく言った。

思いがけず広い座敷には、ランプのほのあかりが灯《とも》っていた。電気は通っていないが、古くから山で働く人々の住居だったのだろうか、麓の百姓家よりも立派に見えるほどである。

「震災の翌る年に営林署の所轄になってからは、大忙しでしてね。ちょいと先に飯場があって三十人ばかり、下の温泉場にも三十人がとこ泊まりこみで」

話しこむうちに、二度三度と戸が叩かれて、うめが応対に出た。

「なにね、俺ァこう見えても山仕事の連中を仕切っているもんだから、つまらねえ悶《もん》着《ちゃく》があっても、いちいち呼び立てられるんでさあ。酒や肴の無心も毎晩のこって――おおい、おっかあ。きょうは大切なお客人がお泊まりなんだ。あれこれ聞いてたら埒《らち》もねえぞ。片ッ端から追い返せ」

縁先は月も星もない真の闇である。標高はどれくらいなのか、夜風が肌寒かった。

震災からこっち、東京の夜は前よりも明るくなった。帝都復興計画に沿って、広い道路が造られ、ビルディングがあちこちに競い建ち、裏路地にまで街灯がつけられた。そうした不夜城の明るさに目が慣れてしまったせいか、この山奥の闇夜が、何やら人知の及ばぬ神秘に塗りこめられた、別世界のように感じられた。


松蔵が人の気配に目覚めたのは、過ごした酒も抜けぬ真夜中である。

「おう、いってえ何のつもりだ」

寅兄ィが潜み声で叱りつけた。寝呆けまなこを瞠《みひら》けば、同じ蚊帳《かや》の中に、うめがぼんやりと座っていた。

「松公、おめえは寝てろ。騒いじゃならねえ」

うめは腰巻一枚の裸だった。寅兄ィは物を言うより先に、胸をかばってうなだれる女の背に羽織を着せた。見てはならぬものだと思って、松蔵は横を向いた。

二人はそれきり何も言わなかった。そのうち、寅兄ィのむせび泣く声が聞こえ、つられるようにしてうめが泣き始めた。

もしや二人の間には、かつて何かあったのではないか、と松蔵は疑った。そうでなければ、うめが寅弥の床に夜這ってくるはずはなし、また兄ィが黙って泣くわけはなかった。

だが、やはりちがうと思った。寅兄ィは隠しごとなどしない。嘘もつかない。だったらこれはどうしたことだと考えれば、松蔵の頭は止まってしまった。二人していいかげん泣きくれたあと、寅兄ィは闇がたりの声を絞った。

「ゆんべの男どもは、おまえさんを抱きにきたんだな」

松蔵の背筋は凍った。どんな怪談よりも怖ろしい話だ。

亭主は娘を売り飛ばしたばかりか、夜ごと女房を売っている。そして大枚の香奠のお返しに、恩人に抱かれてこいと命じた。

「野郎がそう言いやがったか」

うめはしばらく答えをためらった。

「いいえ。河野さんにはこんなによくしていただいたのに、私には何もできないから」

虐げられた女を気の毒に思ったからではない。それでも男をかばおうとする女のやさしさが、松蔵を泣かせた。

この山里の蚊帳の中に、どうしようもなく純情な男と女が、素裸で追いつめられたような気がした。何の落度もないのに、戦争と震災と世間の悪意とが、二人を丸裸に剝《む》いてここまで追いつめたのだ。

またひとしきり嘆いたあとで、寅兄ィは闇がたりに言った。

「おうめさん、黙って聞いてくれ。何も言っちゃならねえよ」

それから寅兄ィは、どこのお大尽の屋敷でも垂れるはずのない説教を始めたのだった。

俺ァ兵隊を殴ったためしがねえんだ。

軍隊の物相飯を十年も食って、そりゃあ新兵のうちはさんざひでえ目をついたが、殴ってもいいほうに回ってからは、ビンタのひとつも取った覚えはねえ。

食い物のねえ田舎なら、日に六合の飯を腹いっぺえ食いたくて兵隊になりてえやつもいるだろうけど、赤坂の歩兵一聯隊《れんたい》には、そもそも腹っぺらしなんざいなかった。

嫌で取られた兵隊を殴ってどうする。根性がねじくれるだけだろ。

てめえが蒙《こうむ》った仕打ちを、下の者にやり返して気が晴れるか。

いや、そんな理屈よりも何よりも、天皇陛下の兵隊をこの手で殴るなんて、畏れ多いじゃねえか。

だから俺は、兵隊を大切に育てた。それでも俺の分隊はピカイチだった。

俺ァその兵隊を、皆殺しにしちまった。十五人の分隊のうち、生き残ったのは俺ともうひとりだけだ。田中は敵陣に取り付くところまでよじ登って、死にものぐるいのロシア兵に突き殺された。東鶏冠山の戦場から、嘘みてえに銃声の消える、ほんの何分か、何秒か前の話だった。

女房子供がいることは知っていたから、あれほど後からこいと言ったのに、田中はアッという間に散兵線を抜け出して先駆けやがった。

この話は何べんも聞かせたな。そのつどあんたは悔しがった。だが、やっぱり何べんも言った通り、あいつは死に急いだわけじゃあねえんだ。手柄を立てようとしたわけでもねえ。こんなばかばかしい戦争を、一分一秒でも早く終わらせようとしたんだ。

あいつばかりじゃねえよ。ピカイチの俺の分隊は、みんなして同じことを考えていた。勝ち負けじゃあなくって、さっさと終わらせようぜ、ってな。

突撃発起《ほっき》の壕の中で、俺は兵隊たちに言った。はっきりと言った。

「天皇陛下も乃木将軍も終わらせられねえ戦なら、俺っちで始末をつけるほかはあるめえ」

歩一《ほいち》の兵隊はみんな江戸ッ子だ。職人だのサラリーマンだの、魚河岸の若い衆だの市電の運転士だの、素性はそれぞれにちがうが、誰もがぐずぐずすることの大ッ嫌《でえきれ》えな江戸ッ子だった。

田中はけっして死に急いだわけじゃねえんだ。惚れた女房や可愛い子供のところに帰《けえ》るためにァ、いつまでもぐずぐず戦をしていちゃなるめえ。てめえで始末をつけてやると、あいつは勇み立った。

俺はどうして、あんなことを言っちまったんだろう。

さんざぶん殴られて、根性のねじくれた兵隊なら、俺が何を言おうが柳に風と聞き流したはずだった。だが、やつらは壕の中でこう、立て銃《つつ》をして折り敷いて、まるで小学生みてえに肯《うなず》いた。

わかるかい。殴られたためしのねえ兵隊は、分隊長の言葉をまともに聞いて、みんな死んじまった。鉄拳をくらわなかったかわりに、ロスケの弾をくらっちまったんだ。

俺がずうっと考え続けているのは、あの総攻撃のことばかりじゃあねえ。現役入営した二十歳《はたち》のときから、軍隊の飯を食い続けた十年の出来事を、ひとつひとつ思い返している。その間に俺が経験し、体で覚え、考えたことが、ぜんぶ俺の血肉になって、「俺っちで始末をつける」なんて大それた声になった。

なあ、おうめさん。

戦争で得はひとっつもねえよ。損をしたのはあんたひとりだけじゃねえのさ。こういう俺だって、まんざら得をしたわけでもあるめえ。どんなやぶれかぶれの世の中だって、人間は畳の上で死ぬもんなんだから。

のう。よおく考えてみちゃくれめえか。おめえさんも生きていくためには仕方がなかったのかもしらねえが、こんな悪い戦はさっさとやめにゃあ嘘だぜ。

田中一等卒はいい兵隊だった。死んだやつらはみな同じだ。勝ち負けもなく、生き死にもなく、損得もなかった。ただ、てめえの力でばかばかしい戦の始末をつけようとした。

女房子供のために死んだか。そうじゃねえ。男の命はそれほど安かねえぞ。

そんじゃ、お国のためか。けっ、ばかくせえ。人の命はお国に召し上げられるほど安かあるめえ。

いい兵隊は、いい人間だ。田中一等卒はたったひとりで、戦争を終わらせようとした。勝ち負けも生き死にも、損得もなかったんだ。

のう、おうめさん。この戦を終わらせたなら、一切合財《いっせえがっせえ》、何もかも忘れてくれろ。悪い戦を忘れられねえのは、俺ひとりでたくさんだ。

天切り松は麦茶で咽《のど》を湿らせて、静まり返った親分衆の顔をひとつひとつ見渡した。

「おっと。俺ァ何も、悪い時代《じでえ》のお涙話を聞かせているわけじゃあねえ。ちょいと前ふりは長くなったが、この先が肝心要《かんじんかなめ》だ。おう、そこの若え衆《わけし》。外は蒸し風呂の晩だが、こう煙《けぶ》たくちゃかなわねえ。ちょいと風を入れておくんない」

窓を開けると、盛り場の腐った空気が流れこんだ。

「話はここからだ。先の長えおめえさん方に、へこたれた気分で帰《けえ》ってほしくはねえからの。なに、それほど手間はかからねえから、気を入れて聞きねえ――さて、説教をおえた寅兄ィは、さっさと身仕度を斉《ととの》えると地獄の山家《やまが》からご退散。兵隊は殴らなかったかもしらねえが、ガキの時分からさんざ小突き回した俺をドンと蹴り起こし、ヤイ松公、いつまで狸寝入《たぬきねい》りを決めてやがる。俺ァこれから、風を食らって山を下りるが、途中で熊に食われるのァおめえの役だ。あわてて飛び起きりゃあ、肚を括《くく》ったおうめさんは、早くも子供をおぶって蚊帳の外、手にするのは風呂敷包みに提灯《ちょうちん》ひとつ。それから寅兄ィは、着物の尻を端折《はしょ》って台所《でえどこ》の出刃を握りしめ、抜き足差し足でろくでなしの寝こける座敷へと向かった。兄ィ、いくら何でも人殺しはいけませんぜ。あたぼうよ、札束のかわりに女房子供を頂戴するんだ、仁義のひとつも切らんでどうする。さて、ろくでなしの枕元に立つと、寅兄ィはやおら虎の刺青《いれずみ》の入《へえ》った片肌を脱ぎ、野郎のほっぺたすれすれに、ドンと出刃を突き立てた。ろくでなしは目を剝いたきり声もねえ。その面を覗きこみながら、寅兄ィは俺が聞いても身震いのするような、虎の声音《こわね》でこう言った。のう、旦那。さっきの与太話によると、おめえは筋金入りのやくざ者だったらしいが、この俺を善人と信じて疑わなかったのァいささか修業の足らねえ証拠だ。まさか冥土のみやげとまでは言わねえ。したっけ名乗らずば目覚めも悪かろうから教えておこう。俺の名は人呼んで説教寅。マア、そうびっくりするねえ、所詮は物盗りだが、人の命まで盗ろうとは思わねえさ。そんじゃあ、お大尽の金しか盗らねえ説教寅が、どうしておめえみてえな空《から》ッ尻《けつ》の枕元で説教を垂れているかてえと、大事《でえじ》な女房子供を頂戴していくからさ。ナニ、勝手に持ってけだと。その言いぐさは気に入らねえから、ゆんべ渡した香奠も返《けえ》してもらおう。そもそもおめえにくれてやった金でもねえしの。ろくでなしに説教をするつもりはねえが、ひとっつだけ釘を刺しておくぜ。もしこの先、女房子供の目の前に現れるようなことがあったら、そんときァ俺も盗ッ人を店閉《じめ》えして、脅しでも何でもねえ出刃に物を言わしてもらうからそう思え。いいか、いくらか薹《とう》がたっていたって、そこいらの悪党とは氏も素性もちがう説教寅、万に一つのしくじりもねえぞ。よしよし、この一円札はゆんべの酒代《さかて》だ、釣はいらねえ。じゃましたな、あばよ」

四

帰りの汽車は三等の客になった。

風を食らって山を下りたおかげで、寅弥の着物も松蔵の麻背広も泥まみれのうえ、うめと息子は着のみ着のままの体《てい》である。

それでも兄ィはお構いなしに、三等の倍もする二等車の切符を買おうとしたのだが、出札の駅員は窓ごしに一行の風体を見て、「二等車は軽井沢から混み合うので、三等車のほうがいい」というようなことを言った。

ずいぶん失敬な言いぐさだが、避暑帰りの客に白い目で見られるのも肩身が狭いし、盆の藪入りを過ぎた今なら、空《す》いている三等車のほうが利口だろうと松蔵も思った。

噴煙の上がる浅間山の裾を、汽車はのんびりと走った。軽井沢までは中山道に沿った緩い登りである。うめは朝寝の床で悪夢を思い返すように、去りゆく風景をぼうっと見つめていた。初めて汽車に乗る倅は、窓枠にしがみついてはしゃいでいた。松蔵はふと、その横顔が少しもろくでなしの男に似ていないことに気付いて、切ない気分になった。

せわしなく窓を開け閉《た》てしながら短いトンネルをくぐるたびに、景色は様変わりしていった。朝風にそよぐ佐久平《さくだいら》の田畑は、樅《もみ》や唐松の森に変わり、茅葺《かやぶ》きの百姓家が消えて、スレート屋根の瀟洒《しようしや》な山荘があちこちに現れた。浅間の雄大な眺めばかりがそのままなのは、まるで嘘くさいパノラマを見るようだった。

待合室でも汽車の中でも、寅兄ィは口を利かなかった。うめを苦界《くがい》から引きずり出したはよいものの、はてこれからどうしたものかと思案しているふうだった。

五十の峠を越した寅兄ィが、今から稼業の足を洗って所帯を持つなど、松蔵には想像もつかなかった。ガキの時分から仰ぎ見てきた説教寅が、当たり前の好々爺になるはずはなく、なってほしくもなかった。

だが、寅兄ィは責任感のかたまりなのだ。天に代わりて不義を討つ兵隊が、お国に代わって不義の責任を取った。それこそが説教寅の正体だった。

もし青山の同潤会アパートにこの母子を連れ帰ったとしたら、みんなは何と思うだろう。

安吉親分はきっと、寅兄ィには文句を垂れずに松蔵を叱りつける。

（やい、松公。てめえがついていながら、寅に何てことをさせやがる。丁稚小僧の齢でもあるめえに）

おこん姐御《あねご》は嫌味たっぷりに言うだろう。

（へえ。説教寅もこれにて看板かね。ああだこうだときれいごとばかり吐《ぬ》かしゃあがって、何だい、早い話が年増好きの、ただの助平爺いだったたってえわけか）

栄治兄ィは言葉少なに、うんざりと溜息をつく。

（やれやれ、齢は食いたくねえもんだの）

理詰めに言ってくれるのは、常兄ィだけだろう。

（のう、小頭《かしら》。もしやあんた、鉄砲と出刃しか知らねえ男が、女房子供をまっとうに養っていけるとでも思っていなさるか。説教寅と言やァ、昭和の今に大向こうを唸らせる天下一の白浪《しらなみ》ですぜ。そんな下げはあんたがよくたって、世間が許しますめえ。包丁を納めなさるのは勝手だが、だったら今さら女房だの子供だのと興醒めのこたァおっしゃらず、さっさと引退して温泉めぐりのご隠居様にでもなったらいかがですかね）

松蔵がそんなことをあれこれ思いめぐらすうちに、汽車は軽井沢の駅に着いた。

プラットホームは日のあるうちに東京へ帰ろうとする避暑客で溢れていた。

改札のあたりに知った顔を見つけた。数日前に下りの汽車に乗り合わせた勘兵衛である。

「はるばる軽便鉄道でお見送りかい。よっぽど大盤ぶるめえをしたんだろうな」

なるほど勘兵衛の両隣には、草津からお伴をしてきた芸者が、ひとりは手をつないでしきりに別れを惜しむふうをし、もうひとりは扇子で風を送っていた。

「芸者が二人てえのも、無粋だの」

寅兄ィはそう言うが、松蔵には年寄りの見識に思えた。教育熱心な家族の目がある軽井沢のプラットホームでは、見送る女が一人か二人かは大ちがいである。

下りの汽車が着いて、油煙の匂いが濃くなった。出発を告げるベルが鳴った。

傍目《はため》があるからここでいい、とでも言ったのか、勘兵衛は芸者たちを改札口の向こう側に押し出した。

松蔵はアッと声を上げた。素人にはわかるまいが、ほんの一瞬に勘兵衛の指が躍り、芸者たちの袂に心付けを落としこんだのだった。

「見えましたかね」

と、松蔵は寅弥に囁いた。

「ああ。やっぱし無粋じゃあねえなあ。ちょいとびっくりした」

心付けを渡すには傍目がある、というわけなのだろう。芸者たちは玩具のように小さな軽便鉄道の帰りしな、いつの間にやら袂に落ちた心付けにようやく気がつく、という寸法だ。

「よう、寅。帰《けえ》りの汽車も相乗りたァ、いってえ何の因果かの」

芸者たちを改札の外に送り出すと、勘兵衛は扇子で油煙を払いながら窓に寄ってきた。とうに知っていたのに知らんぷりを決めていたらしい。

「相乗りと言ったって、こっちは三等車でござんす。ささ、発車しちめえますぜ」

事情が事情だから、まちがっても同席などしたくはないのだろう。寅兄ィは窓ごしに勘兵衛をせきたてた。

「寅。おめえさん、幾日か見ぬ間に何だか齢を食っちまったな」

ひやりとした。着物は汚れており、くたびれているのはたしかだけれど、勘兵衛の目に洗いざらい見透かされたような気がした。

「いや、冗談、冗談。ところで、おめえさん方は上野まで行きなさるかね」

「へい。日のあるうちに」

「そうかい。だったら、赤羽を出たあたりで、ちょいと一等車まで顔を貸しておくんない」

「そりァまた何のご用件で」

「いや、てえしたもんじゃあねえが、こうして相乗りするのもきっと何かの仏縁だ、草津のみやげを渡しておきてえ」

「だったら、ここで承りやす」

ベルが鳴りやみ、駅員が大声で乗車をせかした。いかにも旅慣れているふうに、勘兵衛は少しもあわてず、駅員に向かって信玄袋を掲げた。

「あいにく、まだ熟れてねえんだ。赤羽を発車したぐれえがちょうどいい」


天切り松は話の間を置いて言った。

「さすがは十日会につらなる親分衆だの。さっきの人情話は退屈そうにしてやがったが、いっぺんに面が変わったじゃねえか。そうさ、稼業はちがったって、俺っちもおめえらも世間の裏街道を歩く旅人《たびにん》にはちげえねえ。その裏街道のつらさ苦しさは何だえ。山あり谷あり峠ありか。いや、そうじゃあねえぞ。途中でやめちゃならねえ、どんなにつらくたってしめえまで歩き通さにゃならねえのが、日蔭旅《ひかげたび》てえもんだ。あの時分、七十にもなろうてえ勘兵衛が、現役の箱師だったとは思われねえ。むろん、寅兄ィの抱えこんだ悩みを、知っていたはずもねえ。だがあの名人は、乗客の懐具合をひとにらみに見すかす箱師の目で、寅兄ィの胸の迷いを読み取ったんだ」

それからしばらくの間、天切り松は古い記憶を喚《よ》び起こすように、瞼《まぶた》をとざして黙りこくった。

五

赤羽駅を過ぎると、乗客はいそいそと立ち上がって旅じまいの仕度を始めた。

高架線上をひた走る列車には、赤い陽足《ひあし》が流れこんで人々の目を眩《くら》ませる。

東北本線と上信越線を縄張りとする箱師が仕事をするのは、この時間のこの区間と決まっている。だから上野署の私服刑事は、しばしば三人が一組となって赤羽駅から上りの急行に乗りこんだ。

やつらの的は二等車の客である。三等に金持ちは乗らず、一等車は乗車賃が高いうえ車内に余裕がありすぎる。明治の昔には、一等車の客ばかりを的にかける「箱師勘兵衛」という名人がいたそうだが、そんな話を語りぐさにする先輩ももういなくなった。

あらまし満席の二等車には、これといって怪しげな客は見当たらぬ。平井刑事は持場を二人の部下に任せて、一等車を覗きに行った。

専用の便所とデッキ。洗面所と車掌室。木彫の枠にガラス細工を施した扉を開けると、緋の絨毯《じゆうたん》を敷きつめた別世界である。乗客はいかにも華族様と見える上品な一家、善光寺参りの老夫婦、鉱山の視察にでも行ったらしい実業家、モガを連れた成金のお忍び旅行——その二人に一杯機嫌で何やら茶々を入れているのは、草津にでも湯治に出かけたご隠居様、というところか。

毎度のことだが、こうして一等車を覗くたびに、平井は不愉快になる。乗車賃は二等車が三等車の倍で、一等車ともなれば三倍である。巡査から叩き上げた自分がどう鯱立《しやつちよこだ》ちしたところで、純白のカバーをかけた安楽椅子にふんぞり返って旅をすることなど一生あるまい、と考えてしまう。

骨惜しみをしたためしはない。人間が劣っているとも思わぬ。ならばいったい、このどうしようもない人生のちがいは何だと思うと、天敵の共産主義者の言い分も、一理はあるような気がしてくる。職業がら噯《おくび》にも出せぬ分だけ、はらわたが煮えくり返る。

もうじき終点だというのに、湯治帰りのご隠居のからみ酒は止まらない。

「ママア、他人様《ひとさま》の道楽に口を挟むつもりはございませんがね、あんたも男ならば、女房子供を泣かしちゃなりません。そりゃああたしだって、道楽の限りは尽くしましたよ。飲む、打つ、買う、女房をいくら泣かしたかわかりゃしません。実はね、先年その女房に先立たれやして――」

聞き流していた成金は、そこでハッとご隠居を見つめた。あんがい情の厚い人間であるらしい。

「それはお気の毒ですな」

「へい。それまで温泉といやァ、たいがいは若い女を連れて行ってたものだから、今じゃこうして懐に位牌を抱いて、あちこちの湯めぐりをしているんです。罪ほろぼしの旅と申しますのは、切ないものでございますよ」

そこまで言うとご隠居様は、盃を取り落として顔を被った。

「じきに上野駅ですよ、しっかりなさい」

と、成金は泣き崩れるご隠居を抱きかかえた。それまでそっぽうを向いて不貞腐《ふてくさ》っていた連れの女も、ハンドバッグからハンカチを取り出してご隠居の膝を拭った。

平井刑事は感動した。金持ちには金持ちの苦労があり、その苦労をいたわる情もあるのだと知った。ともかく次の休暇には、女房を連れて草津に出かけよう。三等車は仕方ないにしても。

ご隠居は成金の胸から顔を起こし、「あー、上野に着く前にご不浄を使っておかなけりゃ。齢をとると辛抱が利きません」と言って、そそくさと便所に立った。

車掌がやってきて、一等車の乗客に声をかけた。気を付けをした手には白手袋を嵌《は》めており、言葉遣いまでが仰々しかった。

「まもなく終点の上野でございます。お客様にはお忘れ物のございませんようお仕度を願います。また、プラットホームにて赤帽にお荷物を任されます折は、お取りちがいのないようお確かめ下さい。まもなく上野でございます」

その声をしおに、一等車の乗客はのんびりと立ち上がった。金持ちというのは、何をするにつけても急いだりあわてたりしないものだと平井は知った。彼らが時間に追いつ追われつするのではなく、彼らのために時間が設《しつら》えられているかのようだった。

平井刑事は踵《きびす》を返してガラス細工の扉を開け、二等車へと戻ろうとした。

便所が塞がっているらしく、ご隠居様が辛抱たまらんというふうに足踏みをしていた。そこに二等車から、麻背広にパナマを冠った客がやってきた。これもよほど切羽詰まっているらしく、ご隠居様を押しのけて便所の戸を叩いた。

「こらこら、先に並んでいるのがわからんかね。第一ここは一等車の便所だよ」

「ああ、これは失敬しました。あっちも塞がっていたものですから」

男はまたそそくさと、二等車に戻って行った。

そのとき、一等車のガラスの向こうから男女の叫び声が上がった。

「スリだ！」

「誰か捕まえて！」

平井刑事はとっさに手を伸ばして、ご隠居様の腕を掴んだ。まさかとは思うが、ほかに考えようはない。

「何をなさいます」

「神妙にしろ。上野署の者だ」

便所の扉の表示が「あき」になっていた。

平井はご隠居の腕を捻じ上げた。

「野郎、へたな芝居を打ちやがって。財布を捨てやがったな」

騒動を聞きつけて、二等車から二人の部下が走ってきた。

「身ぐるみを剝げ。どこかに裸銭があるはずだ」

ご隠居は青ざめた顔で抗《あらが》った。

「何をおっしゃいます。あたしァ草津の湯でさんざ精進落としの散財をしちまって、懐は素寒貧《すかんぴん》でございますよ。お調べになるのァあんたらの勝手だが、裸銭どころかあたしの巾着の中は、一円か二円がせいぜいでございますよ。そりゃああんた、帰りしなに池《いけ》之端《のはた》で鰻を食おうと、取っといたお足だ」

ご隠居は平井の手を振りほどいて、みずから三尺帯を解《ほど》いた。たしかに素寒貧である。

部下の刑事が首をかしげて言った。

「線路ッ端に共犯《レツ》がいた、ってのはどうです」

「そんな手口は聞いたためしもねえ」

共犯——平井刑事は思い当たった。あの麻背広の男だ。考えてみればあの顔は、二等車にも見当たらなかった。

「三等車だ。麻背広にパナマ、二十代の小柄な男」

列車はゆっくりと上野駅のプラットホームに滑りこんだ。出迎えの人々が犇《ひし》めいている。

部下たちがあの男を見つけ出したところで、麻背広のポケットにはもう金などあるまいと思った。現物が出なければ手錠《ワッパ》を打つこともできない。目の前で取り逃がしてしまった。

ご隠居はぶつぶつと文句を垂れながら身繕いをしており、成金とモガはその様子を胡《う》乱《ろん》な目つきで見つめていた。

犯人《ホシ》も手口も知れ切っている。だが平井にはどうしても、これほど鮮かな仕事をする箱師が、昭和の今にいるとは思えなかった。

「ただいまこのお年寄りの身体捜検をしましたが、それらしい金品は見当たりません。何かのまちがいでしょう」

成金とモガは食ってかかった。

「二人合わせりゃ百円の上だぞ」

「そうよ。二人してお財布を落とすはずないでしょうに」

金額の多寡ではなかろう。どうせ盗られて困らぬ金なら、気味もいいと平井は思った。

「そしたら、あたしはここでご無礼させていただきます」

ご隠居は悠然とデッキを降りた。「よいこらしょ」と言いながら手すりを摑んだ指先は、まるで大理石の造り物のように研ぎすまされていた。駆け出しの刑事のころに、いくどか見たことのある職人の指だった。

平井はデッキの上から声を絞った。

「とっつぁん、もしや勘兵衛さんか」

振り返った老人の顔は、少し驚いたように見えたが、じきに好々爺の微笑にくるまれた。

プラットホームには赤い陽足が延びており、雑踏の足元を白い蒸気が流れて行った。いつの間にか時間を踏みたがえて、明治の上野駅にいるような気分になった。

箱師勘兵衛にちがいない老人は、羽織の袖をぽんと突いて平井を見上げ、答えるかわりに闇の底から響くようなふしぎな声音で言った。

「二度はやらねえから安心しな。果報な刑事《デカ》だの」

不忍池《しのばずのいけ》のほとりの掛茶屋に上がったころには、夏の日も昏れなずんでいた。

「とんだ説教をされちまったの」

二階座敷の手すりに身をもたせて、寅兄ィは懐に風を入れた。親子の前では滅多なことは言えない。今しがたの出来事について、寅弥と語り合えぬことがむず痒くてならなかった。

夢のような気がする一部始終を、松蔵は思い返した。

一等車の便所の前で、勘兵衛は松蔵の背広の内ポケットに財布を落としこんだ。それも、左と右にひとつずつだ。もし思いすごしでなければ、一等車の扉の前に立っていたのは私服刑事だと思う。こともあろうにそいつの目の前で、勘兵衛は獲物を松蔵に渡した。

こっちの腕前など知らぬはずなのに、目細の一味ならばまちがいないと思ったのだろうか。それにしても、大した胆の太さだ。

じきに追手がかかると思ったが、泡を食って怪しまれてはならなかった。赤い夕陽の射し入る車内をまっつぐに歩き、途中で網棚の上の新聞を拝借して、二つの財布をくるんだ。そして三等車で降り仕度をしていた寅兄ィの懐に、新聞の中味だけを落としこんだ。

上野駅に着いたとき、二人の刑事がやってきた。背広を脱ぎ、手荷物の中味まで調べられるころには、寅兄ィはうめと子供の手を引いて人混みに紛れていた。

「この齢になって説教されるなんて、情けねえ話だ」

寅兄ィはもういちど、池の面に目を落として呟いた。勘兵衛は面と向き合って何を言ったわけでもない。老いても錆《さ》びぬ芸で、寅弥を叱りつけたのだ。

「ところで、おうめさん――」

よほど腹がへっていたのだろうか、無心に団子を食う母と子に、寅弥は向き直った。

「おめえさん方を勝手に拐《さら》っておきながら、こう言うのも無責任だがね。私《あつし》ァ商売《しようべえ》が忙しくって、とうていこの先はかまっていられねえんだ」

うめは悲しげに寅弥を見つめた。

「考えて見れァ、あんたももとは東京の人間だ。帝都復興も成った今なら、頼る伝《つて》はござんしょう」

言いながら寅弥は、いつの間にやら手拭にくるんだ札束を卓袱台《ちやぶだい》の上に置いた。

「うわ。すごいや、おっかちゃん」

呆然とする母の袖を引いて、倅が叫んだ。寅弥は愛《いと》しげにその頭を撫でた。

「のう、坊。このお足はの、おめえのおとっつぁんが、二百三高地一番乗りの大手柄を立てて、お国から頂戴したんだ」

「そんなの、嘘だい。おいらのおとっちゃんは、戦争になんざ行ってないやい」

寅弥は子供の手を引いて、膝の上に抱きかかえた。ありがたい、と松蔵は思った。寅兄ィにはずいぶん叩《はた》かれもしたが、泣き出せばいつだって膝の上に抱いてくれた。それこそ二百三高地の砦《とりで》のような膝だった。

「世の中、金でどうにでもなるなんて思っちゃいねえ。だがね、金さえありゃあどうにかはなるもんだ。どうにかなすって下さいまし。こんなことしかできねえてめえが、情けねえ」

子供を抱きしめたまま、寅弥はすっかり白くなった坊主頭を下げた。

その後ろ背を見ながら、寅兄ィが帰ってきてくれたと松蔵は思った。あの名人が、兄ィを連れ戻してくれた。

松蔵は思わず背広の胸に手を当てた。羽衣のように舞いながら、両の内ポケットに二つの財布を落としこんだ指先の感触が、まだありありと残っていた。


親子のために宿を取り、くたびれ果ててぶらぶらと池のほとりを歩いた。

風が死んで、茹だるような晩になった。

「このまんまじゃあ電車にも乗れねえ。一ッ風呂浴びてこうぜ」

「そう言うのァ兄ィ。もしや湯銭まではたいちまったか」

送り届けた旅館の玄関での別れぎわに、兄ィは蝦蟇口《がまぐち》ごと子供に渡してしまった。

南の空には痩せた月が朧《おぼ》ろにかかっている。そこいらの湯屋《ゆうや》で汗を流し、おこん姐御の家にでも乗っこんで、箱師勘兵衛を肴に飲み明かすのも悪くはない。

第四夜

薔薇窓

曇りガラスの向こうに、冬の街がたそがれている。

おぼろな色と形は、もう二度と帰ることのできぬ別世界のようだった。つい今しがたその向こう側の世界をひとりで歩いて、警察署にやってきた。

刑事さんが言うには、ふつう自首をする犯人はひとりではこないそうだ。家族か友人か、ちょっと気の利いた人ならば弁護士に付き添われてくるらしい。でも、相談相手など誰もいないし、お金もないのだから仕方がない。

表に立っていたお巡りさんに、「悪いことをしました」と言った。問い質《ただ》される前に腕を摑《つか》まれた。警察署の中に入ってから、「何をしたんだ」と訊《たず》ねられた。

「人を、殺しました」

その一言で、あたりの空気は変わった。二階の取調室に入ると、まず手錠をかけられた。それから手錠に通した紐《ひも》を腰にぐるりと巻かれて、スチール椅子にくくりつけられた。自首をした犯人が逃げたり暴れたりするわけはないのに。

名前と、国籍と、バースデーを訊《き》かれた。自分のしたことのあらましをだいたい話した。婦警さんが体にさわり、ハンドバッグの中味を調べた。手帳もパスポートもびりびりに破いて捨ててきた。関係のない人に迷惑をかけたくはなかった。

大勢の人が出て行った。婦警さんがいうには、取調べは現場検証が終わってからだそうだ。この警察署には女性用の留置施設がないので、今晩はよそに連れて行かれるらしい。

「ごめんなさいよ」

と、真白な坊主頭のおじいさんが、開けたままのドアから顔を覗《のぞ》かせた。

「だめだめ、村田さん。まだ調べも終わってないんだから」

婦警さんはいたずらっ子を叱るように言った。

「まあ、そう固《かて》えことは言いなさんな。今しがた現場に出たんなら、死体《おろく》を担いで帰《けえ》ってくるにしたって二時間や三時間はかかろう。それまでここで睨《にら》めっこじゃあ、おめえさんもこのねえさんも間が持つめえ」

おじいさんがそう言って椅子に腰かけると、どうしたわけかドアの外が騒々しくなった。人垣を押しのけて、制服に金の襟章を付けた偉そうな警察官が入ってきた。

「よう、署長《おやじ》さん。なにね、ちょいと小耳に挟んだんだが、このねえさんが殺《ま》げちまったのァ、所轄のやくざ者らしい。お国は中国だそうだが、こんだけ日本語がペラペラだってえことは、背負った苦労も並じゃあるめえ。べつに人殺しの肩を持つつもりはねえがよ、長い務めの餞《はなむけ》に、天切り松の昔がたりをひとつ聞かせたっておくんない」

　ふいに窓の外が明るんで、取調室が蜜柑《みかん》色に染まった。曇りガラスいっぱいの夕陽を背負って、おじいさんは微笑んでいた。この国で出会った、初めての笑顔のような気がした。

「とっつぁん、どうせなら担当にも聞かせてやったほうがいいんじゃないのかね。一係はみんな現場検証に出てるが」

　と、署長さんが言った。

「勘ちげえしなさんなよ。俺ァ何も、官に昔話をするわけじゃねえ。聞くのは勝手だがね」

　おじいさんはタバコをくわえると、マッチを小気味よく擦《す》って火を入れた。

「ねえさんに一服つけさせてやりてえんだが、手錠《ワッパ》を解いちゃもらえめえか」

　答える声はなかった。おじいさんは、やれやれと溜息をついた。

「俺ァ、おめえさんがそれほど悪い女だとは思わねえ。そんなこたァ、ツラを見れァひとめでわかる」

　おじいさんの唾で湿ったフィルターは、薄荷《はっか》の匂いがした。

「情《じょう》のねえやつらばかりで、すまねえな。幸い耳にまで手錠《ワッパ》はかからねえ」

　おじいさんは日本の昔話を、物静かに語り始めた。

一

礼拝堂には震災にも破れなかった古い薔薇窓《ばらまど》があった。

千代子《ちよこ》は週に一度、その大きなステンドグラスを見るためだけに教会を訪ねた。クリスチャンではないから、礼拝が終わって信者たちのいなくなった日曜の午後と決めていた。

とりわけ晴れた夕昏《ゆうぐれ》どきがよかった。薔薇窓は青山の丘の上に西を向いているので、陽が傾くとそれこそ花園の蕾《つぼみ》が、いっせいに開くようだった。七色の光に溺《おぼ》れながら、千代子はいくども「わあ」と小さな歓声をあげた。

祭壇のマリア様にも、パイプオルガンの奏でる讃美歌にも興味はなかった。薔薇窓の下につらなる長細いステンドグラスは、たぶん聖書の物語を表す絵柄なのだろう。

フランス人の神父は、お国にはもっと美しい薔薇窓がいくらでもあるというが、千代子は信じなかった。誰が何といおうと、これが世界一のステンドグラスで、この世にあるすべての美しいもののうちの一等賞だと思っていた。

マリア様やキリスト様の功徳は知らないけれど、この薔薇窓がすさんだ気持ちを癒してくれるのはたしかだった。だからその日も、千代子は市電の停留所から西陽を追って走り、息も絶えだえに礼拝堂の大扉《おおど》を押したのだった。

祭壇に手を合わせたためしはない。広い礼拝堂の薄闇を歩いて、西向きの壁に開かれた薔薇窓に歩み寄る。そうして赤や青や蜜柑色の光を見上げると、体を柵《しがら》める悩み苦しみはみな、たちまち天に昇るように消えてなくなった。

その日でさえも、薔薇窓は千代子を救ってくれた。すべてを忘れさせてくれた。


「むろん本人は自首をする肚積《はらづ》もりなのですがね。しかし、聴罪《ちょうざい》をしたわたくしといたしましては、彼女の魂を救済してさしあげねばなりません。そうは考えてもことがことであるだけにどうしてよいものやらわからず、親分さんに知恵をお借りしたいと思った次第なのです」

ブリュネ神父は真白な頬髯《ほおひげ》をさすりながら、このごろの日本人よりよほどうまい日本語で言った。

安吉親分には奇特な信仰心などないのだが、明治の昔から東京に住みついているブリュネ神父は、貫禄十分の親分をマリア様やキリスト様と同じくらい信仰している。

「なるほど、懺悔《ざんげ》をされた神父さんからすれば、自首をなさいというだけでは話になりますまい。いやはや、厄介な女だ」

上品な山の手言葉で親分は答えた。向き合う相手によって言葉づかいを変えるのは、安吉親分の得意技である。その変わりようの鮮かさは、はたで見ていても格好がいいので松蔵も真似をしたいと思うのだが、それは存外むずかしい。フランス語を習ったほうが早かろう、と寅《とら》兄ィに笑われてからは、真似る気もなくなった。

その寅兄ィは松蔵と膝を並べて、神妙に二人の話に耳を傾けていた。窓の外の欅《けやき》の枝は、棒きれのように凍えている。

「で、その千代子さんはどうしてらっしゃるのですか」

「はい。まさか人殺しを親分さんの前に連れてくるわけにも参りませんので、修道尼に面倒を見させております」

「お気遣いは無用でしたのに。どうしても死んで罪滅ぼしをするというのでしたら、私から直《じか》に、自首するよう勧めましょうか」

「いえ、わたくしは知恵を拝借に参りましただけで、親分さんを巻きこむつもりは毛頭ないのです」

寅弥が訝《いぶか》しげな目配せをした。どうやらブリュネ神父は、親分の正体を知っているらしい。もし博徒か的屋《てきや》の元締だと信じているのなら、そういう言い方はしないはずである。それを承知で相談を持ちかけるということは、知恵を借りるだけではない、というふうにも聞こえた。

親分は盆暮にまとまった寄進をしている。家《ヤサ》から一等近くの神仏というだけの理由である。先方が鳥越《とりごえ》神社だろうがカトリックの教会だろうが、ご近所なんだからという理屈がいかにも物事に淡白な親分らしい。

「ほれ、言わんこっちゃねえ。触らぬ神にたたりなしってのァ、このことですぜ」

寅兄ィの呟《つぶや》きを、親分は横目で睨みつけた。口にこそ出さぬが松蔵も同感である。教会に寄付などしなければ、こんな厄介を背負いこむはずはなかった。

縁なし眼鏡の奥の細い目で、親分は松蔵の顔も睨んだ。（おめえまで俺に文句をつけやがるか）と、目細《めぼそ》の安吉の目が言っている。

睨まれて縮かまるかと思いきや、寅兄ィは親分の頭越しに言い返した。

「のう神父さん。おめえさんがどれほどの者《もん》かは知らねえがよ、よもやうちの親分の稼業を知っての無理強いじゃござんすめえの。魂の救済だの何だのってきれいごとを言って、銭を出せってんなら御免こうむりやすぜ。どうでえ、神父さん。図星かい、下衆《げす》の勘繰りかい。のう、図星だろう」

まさかこの啖呵《たんか》までは理解できまい、と思うそばから、ブリュネ神父はにっこりと笑い返して言った。

「それは、ゲスの勘繰りです」

「あ、何だと。俺をゲス呼ばわりしやがるか」

「いえ。売り言葉に買い言葉というやつです。わたくしはお金の無心にきたわけではありません。法律は人を罰することができても、人を救うことができない。でもわたくしは、千代子さんを救わねばなりません」

「てやんでえ。人殺しが救われるもんか」

「救えます。体は救えなくとも、魂は救えます。それができなければあなた、わたくしには何の値打もない」

「坊さんの値打なんざ、こちとらの知ったこっちゃねえや。親分にァ何のかかわりもねえこった」

「わたくしにできないことでも、親分さんならばと思ってやってきました。もう少し事情を聞いて下さいな」

神父は怯《ひる》まなかった。寅兄ィの啖呵に動じぬ人間も世の中にはいるのだなと、松蔵はひどく感心した。

黙って二人のやりとりを聞いていた親分が、ようやく口を開いた。

「まあまあ、寅弥。おまえの言い分もわからんでもないが、神父さんは一文の得にもならんことをなすってらっしゃるんだよ。そういう人の話はきちんと聞かなければいけない。いいかね、ブリュネさんは見知らぬ異国で何十年も、他人の悩みごとばかりを聞いていなさるんだ。そんなこと、坊主や神主にできるものかね。私は神も仏も信じないが、この人は信じることができる」

思いがけずに、盆暮の寄進の理由を聞かされてしまった。それを親分の酔狂だと思っていた自分を、松蔵は恥じねばならなかった。

「ほれ、言わんこっちゃねえ。だから触らぬ神にたたりなしだって言っとろうが」

寅兄ィは苦虫を嚙み潰しながらくり返した。それもまたもっともだと松蔵は思った。

親分の歩く道は陽の当たらぬ裏街道だが、その道をひたすらまっつぐに歩いている。水溜りも石くれも、けっしてよけようとはしない。

「人殺しの事情を、聞かせていただきましょう」

親分は神父に向き直ってそう言い、寅兄ィは「ああ、ああ」とどうしようもない溜息をついた。

二

千代子にはいいことなどひとつもなかった。

三十年ちかくも生きてきて、懐しむ記憶がひとつもないというのは、つまりそういうことなのだろう。同じような境遇の女たちしか知らなかったから、ことさら自分が不幸だとは思わなかっただけだ。

九つのときに、村役場の斡旋《あっせん》で奉公に出た。買われた先は官立の製糸工場で、一人前の職工になるまでは下働きをしながら学校にも通わせてくれるという条件だった。

ふるさとを離れる日に、駅まで送ってくれたのは父でも母でもなく、松本の師範学校を出たばかりの常石《つねいし》先生だった。先生は様子の悪い引率の男に、「読み書きだけはくれぐれもお願いします」と、何度も頼んでいた。しまいには自分が何か悪いことでもしたみたいに、ふかぶかと頭を下げた。

「ちーよーこー、かぜひくなー、べんきょーせー！」

汽車が動き始めると、先生はホームの端まで走ってそう叫んだ。風邪をひかずに勉強をしようと、千代子は胸に誓った。

常石先生が大好きだった。もうこれで一生会えないかもしれないと思うと、初めて涙が出た。

半里も走った信号所で、汽車は下りを待ち合わせるためにしばらく停まった。そのとき、また先生の声が聞こえた。

「ちーよーこー」

まぼろしの声かと思って目を上げると、雪どけの道に先生が自転車を漕いでいた。

「ちーよーこー、ごめんなー！」

先生はどうしてあやまるのだろうと思った。返す言葉が見つからぬうちに、汽車は走り出した。窓から身を乗り出して手を振った。先生は手を振り返してはくれなかった。

ただ、凍った田圃《たんぼ》の中に、かかしみたいにつっ立っていた。

学校は工場《こうば》の仕事に慣れてから通える、という話だったが、そんな機会はやってこなかった。一年は掃除洗濯の賄い仕事に明け暮れ、見習女工になってからは毎日がくたくただった。工場から二里も離れた村の小学校に、通っている子供などはひとりもいなかったし、通う気にもなれなかった。それでも千代子は、毎晩寝しなに教科書を読んだ。

女工たちはみな似たものだったから、上の学年の教科書も借りることができた。

三度のご飯が食べられて、勉強もできて、父母や弟妹のためにもなっているのだから、自分は幸せだと思った。それが思いこみであるにしても、不幸は感じなかった。

大正七年に世界大戦が終わった。日本はまた戦に勝った。だが喜んでばかりはいられなかった。景気が次第に冷えこんで、日本中の工場という工場が減産になったのだった。

工場は東京に働きに出る者を募った。前借金は転職先が肩代わりしてくれるという、願ってもない話だった。もちろん多くの女工が渡りに舟とばかりに手を挙げた。よほどの引っこみ思案か、体が弱いか、工場に残らねばならぬ仕事上の理由がある者のほかは、全員が転職を希望したといってもいいほどだった。

希望通りにしたとあっては、減産どころか工場が停止してしまうから、読み書きの達者な者が優先された。試験は綴《つづ》り方だった。千代子は東京に出たい一心で、鉛筆をなめなめ懸命に短い作文を書いた。

ご恩がへし

三工場一ぱん　富田千代子

私には恩人が居ります。里を出る時、駅まで見おくつて下さつた常石松太郎先生です。先生は父や母のかはりに私を見おくつて下さり、「かぜをひかずにべんきようしろ」と云ふて下さいました。だから私は体をたいせつにして、べんきようしました。もし常石先生が別れのきはにさう云ふて下さらなかつたら、私はかぜをひいて、むねを病んで、死んでしまつたかもしれません。おかげ様で、小学校の手本をぼろぼろになるまでよんで、よみかきもできる様になりました。

だからこの先は、ご恩がへしをしなければいけないと思ひます。私は十二才になりました。東京に出てもりつぱにやつていけると思ひます。体もたいそう丈夫です。一生けんめいにがんばつてご奉公をおへたなら、たくさんのみやげを持つて里にかへろうと思ひます。

家はまずしいのでお足が何よりのみやげでせうが、常石先生には毛糸のえりまきをさし上げるつもりで居ります。モヘアの毛糸を少しずつ買ひためて、あんでさし上げやうと存じます。私は糸をつむぐよりも、毛糸をあむ方がとくいなのです。

常石先生は見おくりの時、自てん車をこいで汽車をおひかけて下さいました。私は、こほつたたんぼの中で私を見おくつて下さつた先生のおすがたが、どうにもわすられないのです。かかしの様にやせた先生の首に、心づくしのえりまきをまいてさし上げたいと思ひます。

だうか私にご恩がへしをさせて下さい。よろしくおねがひ申し上げます。

千代子の願いは叶《かな》った。

だがのちのち考えてみれば、それはずいぶん怪しい話だった。

工場は減産に応じた人べらししか考えておらず、女工たちの人生に責任を負うはずはなかった。東京から人手を探しにきた男たちは、みなたいそうな肩書きのついた名刺を持ち、背広を着て帽子を冠《かぶ》っていたが、このご時世に一儲けを企む口入れ屋にちがいなかった。

女工たちは東京に出たとたん、栗の実がはじけるようにちりぢりになった。わけもわからぬまま千代子が売られた先は、深川の遊廓《ゆうかく》だった。

たったひとつの温かな思い出も、千代子は忘れ去らねばならなかった。自分が女として落ちるところまで落ちてしまったことはわかったから、常石先生のことは考えるだけでも申しわけなかった。だから忘れた。千代子には懐しい記憶がひとつもなくなってしまった。

三年の間、遊廓の下働きをした。そして十六の春に、年齢を偽ってお女郎になった。幸不幸を考えたことはなかったが、震災で深川が丸焼けになったときには、さすがに幸運だと思った。だが、実は不運だったのではないかと、後になってから考えた。少くとも大勢のお女郎と一緒に焼け死んでいれば、人殺しはせずにすんだのだから。

復興のはかどらぬ吉原や深川にかわって、界隈には私娼窟《ししょうくつ》が自然にでき上がった。名だたる大籬《おおまがき》はそれなりにお女郎を大事にしたが、立ち直れぬ小店の妓《おんな》たちはそうした場所に流れるほかはなかった。

千代子は何人かのお女郎と一緒に、玉の井の曖昧宿《あいまいやど》の妓になった。

いったいどこで道をまちがえたのだろうと、お茶を挽《ひ》いた晩などにふと考えた。だが、どう考えようと自分には何の落度もなかった。ただひとつ勘ちがいがあったとすれば、それはお国を信じたことだった。

官立工場ならばまちがいはないと、里の人はみんなが言っていた。あの人べらしはずいぶんいいかげんだったが、その罠《わな》に進んで落ちたのは自分なのだから仕方がない。お国のすることにまちがいはないのだと、信じた自分が悪かった。

いちど、なじみの兵隊さんに愚痴をこぼしたことがあった。錦糸堀《きんしぼり》の糧秣廠《りょうまつしょう》の番兵で、もう兵隊としては何の役にもたつまいと思われる老頭児《ロートル》の下士官だった。

「男は誰もお国なんて信じちゃいない」

と、背中にひどい傷がある老兵は言った。

「どうして？」

「そりゃおまえ、赤紙一枚で戦に駆り出されて、それ行けやれ行けでお陀仏だからな。そんなお国を、どう信じりゃいいんだ」

それ以来、千代子は他人に身の上を語らなくなった。訊かれれば嘘八百を並べた。

玉の井の曖昧宿はそれなりに居心地がよかった。経営者は震災で深川を焼け出された楼主で、齢《とし》も行っているせいか面倒を言わなかった。不幸な人間が寄り集まって、何とか食っていこうという気楽さがあった。

何よりも体が自由であるのは有難かった。玉の井には塀も掘割もなく、昼間はどこに出かけようが勝手だった。もっとも、借金証文はもとの楼主と一緒に煙《けむ》になってしまったのだから、自由は当たり前だった。だが千代子も、ほかの妓たちも、さしあたって体を売るほかに生きる道を知らなかった。

警察の手入れ《ガサ》をくらってしょっぴかれたことも何度かあったが、それは年に一度のお祭りのようなもので、いつも一晩で放免になった。おそらく警察は犯罪を摘発するというより、面子《メンツ》でそうするわけで、そのつど経営者か尻持《けつも》ちのやくざ者が金を摑ませているにちがいなかった。

もしかしたら、あのころが一等幸せだったのではないかと、千代子はのちのち考えることがあった。だが、お国も認めぬ私娼というものは、女としての下《げ》の下にはちがいないのだから、その暮らしを懐しむ自分に気付くとたまらなく悲しくなった。それを幸せだというのなら、世界中に不幸な人間などひとりもいやしないと思った。

そうこうしているうちに、大正天皇が崩御なされて、昭和という新時代が始まった。時代が変わったのだから、きっとこれまでの天と地がさかさまになって、自分もいい目を見るにちがいないと、千代子は思うことにした。

はたして昭和三年の御大礼の年に吉報が舞いこんだ。むりやり引きこんだ一見《いちげん》の客が、翌《あく》る朝になって千代子を身請けしたいと言い出したのだ。むろん初めは冗談だと思ったが、客は大まじめだった。それればかりか、午後には店の前にフォードを乗りつけて、手の切れるような百円札の束を経営者の目の前に置いたのだ。

「いい齢をして一目惚れってえのもお恥ずかしい話だが、こうと思や矢も楯もたまらねえ性分でしてね。もっともこちとら所帯持ちだから、妾の上に上げるわけには参りません。もし囲い者が嫌だというんなら、無理強いはいたしませんがね」

そもそも借金はないのだから、正しくは身請けではない。通さずともよい仁義を通し、払う必要のない金を投げるのは、男の器量だと千代子は思った。険のある目つきや言葉づかいからすると堅気とは思えないが、それにしたところでひとかどの親分にはちがいあるまい。人生を変える機会がとうとうやってきたのだとしか、千代子は考えなかった。

商売から足を洗ったことは、けっしてまちがいではなかったと、千代子は今も思う。体を売って生きることの罪深さを、千代子はよく知っていた。十年近くも体を売り続けて、それでも罪悪感を失わずにいられるのは、きちんと読み書きができるせいだった。毎日かかさず日記をつけて、おのれを恥じた。小説を読めば、自分がしていることの悲しさ愚かしさがよくわかった。

ほかに生きるすべが見つからなくても、そうして読み書きを忘れずにいたからこそ、足を洗うことができた。だから千代子は、住み慣れた玉の井の店を出るとき、三畳の座敷にきちんとかしこまって、信州の常石先生にお礼を言った。

千代子は亀戸《かめいど》の長屋に囲われた。近所では「お妾横丁」と呼ばれていた長屋だったから、かえって傍目《はため》を気にせずにすんだし、同じ境遇の女たちとの付き合いもできた。

増田長次《ますだちようじ》は、一言でいうと世間の常識にかからぬ男だった。三十を過ぎるまで目のない博奕《ばくち》打ちだったのだが、震災後に口入れ稼業が当たって、百人の子分を養う大親分にのし上がった。やることなすこと常識にかからないのは、たぶんまっとうな苦労をしていないからだろうと千代子は思っていた。

囲われたその晩に、おまえのような妾はほかにも四人いる、と豪語した。まるで財布の中味を自慢するような言いぐさだった。世の中は銭金でどうにでもなる、というのも口癖だった。聞いて愉快な話はひとつもなかったが、お追従《ついしよう》は長い間の習い性になっていた。もっとも、千代子が銭金で囲われているのもたしかなのだから、不愉快な顔などできるはずはなかった。

近所の女たちは誰が言い出すともなく、千代子のことを「やはずさん」と呼んだ。「ちよ」という名の先住者がすでにいたからだった。矢筈は増田組の代紋で、界隈ではもっぱら「やはず」で通っていたからだった。長次は週に一度か二度、思いつきで長屋にやってきた。運転手付きのフォードには矢筈の代紋が描かれており、お付きの若い衆《し》も代紋を染めた揃いの法被《はつぴ》を着ていた。いつ何どきやってくるかわからないので、家をあけられないのは不自由だった。

真夜中だろうが朝方だろうが、長次は何の前ぶれもなく長屋の戸を叩いた。わけのわからぬ勝手な話をまくしたて、話しながら千代子を乱暴に抱いた。そしてことがすめば、一円札を何枚か蒲団の上にばら撒《ま》いた。

きまったお手当というものはなかったが、そのつど撒かれる金を合計すれば月に二十円ぐらいにはなった。貰い方はともかくとして、額に不満はなかった。

千代子は金を貯めることにした。長次を送り出した足で亀戸駅前の銀行に行って、貰った金を預けた。帰りがけにモヘアの毛糸を買った。人間としてまっとうに生きるには、目標がなければいけないと思ったからだった。それはけっしてぼんやりとした夢であってはならず、たしかな目標でなければならなかった。だから、百円を持って里に帰ろうと考えたのだ。百円という金額に格別の意味はなく、自分が決めた目標だった。

世の中が銭金でどうにでもなるとは思えないが、少くとも百円の大金を里に持ち帰れば、錦を飾るとは言えぬまでも、これまでの悪い人生は水になると思った。父母が達者かどうかは知らない。だが父母のためではなく、自分のためにそうするのだから、仏壇に供えても同じだった。

長次との暮らしは足掛け六年続いた。暮らしと呼べるほどのものではなかろう。正しくは何人もの妾のひとりとして、面倒を見てもらった日々が六年続いた。貯金が百円になっても、里に帰る決心はつかなかった。二百円になったら帰ろうと思い直したが、そうなればなったで里はいよいよ遠のいた。

モヘアの襟巻は編み上げてはほどき、また新しい色の毛糸で編み上げてはほどくくり返しだった。心をこめた襟巻が、するするとたわいもなく元の毛糸に戻るとき、やっぱり世の中は銭金でどうにもなるもんじゃないと思った。

瞼《まぶた》に残る信州の雪は清らかで、空は真青だった。銭金で買い戻せるはずのない景色だった。それに、どれほど心をこめて編んだところで、自分の手で仕上げた襟巻は薄汚れて見えた。何度くり返そうと、その手触りは粗かった。

皮肉なことに、その襟巻が事件を呼んでしまった。

きのうの晩、ひどく酒に酔った長次が円タクで乗りつけた。珍しくひとりだった。何か嫌なことでもあったのだろうか、長次はいつにも増して荒々しく千代子を抱いた。そして、片付け忘れた襟巻に気付いた。

「おめえ、男がいるな」

怖ろしい声で長次は言った。その日に編み上がった襟巻は紺と白との縞柄の、モダンな出来ばえだった。こればかりはほどく気になれず、いよいよ里帰りをしようかと真剣に悩んでいたところだった。禊《みそぎ》はすんだと了簡《りょうけん》できるほどの襟巻だった。

「里の父に届けようと思って」

と、千代子はとっさに言った。嘘は苦手だが、嘘とまことが半々の言いわけだった。

「へえ、そうかい。そりゃあ孝行な話だ。だが、娘を女郎に叩き売ったどん百姓には似合わねえ」

千代子はしおたれてしまった。その先の嘘はとうてい思いつかなかった。

「男がいるならいるでかまわねえがよ。面倒見てる女に間男されたとあっちゃ、俺が世間の笑いものだ。満洲の女郎屋にでも叩き売るか」

冗談だったのかもしれない。だが千代子は震え上がった。

「何とかしろとせっつかれてんだぜ。大連《だいれん》も奉天《ほうてん》もこのごろは日本人だらけで、女が足らねえんだそうだ。どうにも手配がつかねえってんなら、妾のひとりやふたり差し出すってのが矢筈の面子ってもんだろう。ちがうか」

長次は襟巻を摑んだ。やめて、という声が声にならず、千代子は長次の手から襟巻を奪い返した。

「ほう。その剣幕からすると、図星ってわけか」

長次はよろめきながら立ち上がると、簞笥《たんす》の中味をぶちまけ始めた。豆電球の下でてらてらと光る彫物を、千代子はなすすべもなく見つめていた。

「しこたま貯めこみやがって。こいつは間男の罰金だ」

長次が探り出した預金通帳を、腕ずくで取り返そうとは思わなかった。千代子にとって金などはどうでもよかった。

「その襟巻も俺によこせ。そうすりゃ満洲行きは勘弁してやる」

千代子は頑なに襟巻を抱きしめた。金など惜しくはないが、命と引きかえてでも守らねばならぬものはあった。たとえ下の下の女でも、それを失わぬ限りは人間でいられる。けっして渡すまいと襟巻を抱きしめたとき、まったく唐突に常石先生の別れの言葉が聞こえたのだった。

（ちーよーこー、ごめんなー）

やっと意味がわかった。先生は千代子の未来に待ち受けるすべての不実を、お国にかわって詫《わ》びてくれたのだ。愛情の限りをつくしても幸せを与えられぬならば、不幸な人生への餞《はなむけ》はその一言しかないはずだった。

「あたし、勘弁してほしくなんかない」

きっぱりと千代子は言った。

「まったく、どうしようもねえ小女郎《こめろう》だな。俺が惚れた女たァ思えねえ」

「あんたはあたしに惚れてなんかいない。あたしもあんたなんかに惚れてやしない。あたしが好きなのはこの人だけだ」

千代子は襟巻を振った。どう受け取られようが、言葉に嘘はなかった。

「何を」と、長次の拳が千代子の頬を打った。台所に転げ落ちた千代子は、目の前の出刃を握って立ち上がった。

「ごめん、って言ってよ」

長次は金歯を剝《む》き出してへらへらと笑った。

「人殺しのできる玉なら、売女《ばいた》にも妾にもなっちゃいめえ。やれるもんならやってみな」

裸の胸をぐいとせり出した男は、もはや長次ではなかった。自分の体をこれでもかと圧《お》し潰してきたすべての悪意が、長次の姿を借りて立っていた。

「ごめん、って言ってよ」

その一言さえ聞けば、満洲に行ってもいいと思った。だが、長次はへらへらと笑い続けていた。

銭金ではどうにもならないものがある。そんなものはないというのなら、今ここであたしが見せてやる。

得体の知れぬ力が、千代子の背を押した。

三

「さて、今じゃ知る人もなかろうが、これが昭和八年の二月某日、日本中の度胆を抜いた矢筈殺しの顚末《てんまつ》だ。矢筈の長次といやァその当座、口入れ稼業の大立者で、矢筈に仁義を通さずば大東京にビルは建たねえ、東京湾に船は入れねえてえほどのてえした羽振りだった。その矢筈の親分がこともあろう、やわな女に心臓一突きでお陀仏だってえんだから、ことの善し悪しはともかく、井戸端のおかみさんたちは、よくぞやったと肯《うなず》き合う、旦那衆はてめえの妾に疑心暗鬼、まあ三人寄ればその噂で持ちっきりだった。もっとも、犯人の千代子が経歴通りのスベタならば話にもなるめえ。どっこいこれがめっぽうな美人だったから世間はスター扱いさ。どこからどう出回ったもんだか、売れも売れたり一枚三円のブロマイド、これを官がたちまち発売禁止にしたもんだから、十円二十円の闇値が付いた。話ばかりでも何だ、見るか」

天切り松は高調子にしゃべりながら、藍染の懐に手を入れた。とたんに人垣が崩れて、狭い取調室に怒号が飛びかった。

「ははっ、そんなもんあるわけなかろう。だが、ブロマイドの話は本当《マブ》だぜ」

張りつめた空気が和んだ。

いったいこのおじいさんは何者なのだろう。警察署の中をわがもの顔で歩き回って、文句をつける人は誰もいない。

「ねえさん――」

見つめるまなざしはやさしかった。

「人生食うためにひとつふたつのヤマを踏むのァ仕方ねえが、どんなわけありにせえ、人を殺しちゃいけませんぜ。公判でおめえさんの言い分をはっきり口にするのァかまわねえが、正しいことをしたと思っちゃなりやせん。おぎゃあと生まれたからには、殺されて当たりめえの人間なんざいるわけねえんだよ」

はい、と素直に声が出た。この人は誰なのだろう。きっと悲しい人生を、たくさん見てきた人なのだろうけれど。

天切り松はにっこりと笑いかけてから、続きを語り始めた。

「話を聞くうちだんだんにわかってきたことなんだが、奇特な神父さんが安吉親分に事件のケツを持ってきたのにァ、むりからぬわけがあった。親分の命《タマ》を取られた矢筈の子分どもは、八方手をつくして千代子の行方を追っている。むろん警察《サツ》も探している。魂の救済なんてきれいごとはともかく、自首すりゃすむてえ甘い話じゃあねえんだ。そこはさすが明治の昔から東京に根を生やしている神父さんの勘てやつで、どのみち千代子の命が危ねえと思いなすった。なに、わからねえ。わからねえならわかるように話さずばなるめえか。いいかね、今の警察はどうかしらねえが、あのころのやくざ者と所轄の警察は相身たがい、持ちつ持たれつの仲だった。飛ぶ鳥落とす勢いの矢筈が、しこたま袖の下を使って警察とねんごろなのはまちげえねえ。つまるところ、矢筈の若え衆《わけし》にとっつかまっても、警察に自首してもなぶり殺しは同《おん》なしじゃあねえかと、さんざ悪党の懺悔を聞かされてきた神父さんはピンときなすったんだ。さあて――相手がやくざ者なら、度胸千両の寅兄ィが出番だ。いやだいやだ、やれ提灯《ちようちん》だヒョットコだと言いながらも、おめえしかいねえと指をさされりゃいやとは言えねえのが寅兄ィの性分。深川猿《さる》江《え》町の矢筈本家は黒板塀に見越《みこし》の松、東京中の親分が寄り集まった大物入りの通夜の席に、紋付羽織の寅兄ィと俺が、話《ナシ》をつけに乗っこんだと思いねえ。見かけぬ顔だが妙に大貫禄の寅兄ィは、どちらさんでと問われたとたんムッとして、やおら若え衆《し》を大声で怒鳴りとばした。矢筈の長次がどれほどの者かは知らねえが、目細の安吉が一家の小頭《こがしら》をつかまえて、仁義も切らずにどちらさんはありますめえ――」

通夜の晩の怒鳴り声に、坊主の読経もとだえてしまった。

これが二百三高地一番乗りの声だと、松蔵はしみじみ感心した。

「ご参会の親分衆に申し上げやす。手前、目細の安吉一家が小頭を務めます、寅弥と発します。どちらさんも稼業ちげえではござんすが、いずれも任俠《にんきょう》のご縁もちましてお控えなすっておくんなさんし」

寅兄ィが敷居ごしに腰を割ると、居並ぶ弔問客はみないそいそと立ち上がった。名前を出しただけで人々を畏《おそ》れ入らせる、うちの親分はもしかしたら天皇陛下より偉いんじゃなかろうかと、松蔵は思った。

「さっそくのお控え、痛み入りやす。手前親分、物入りにつき代参にてご無礼させていただきやす。ご当家ご霊代さんは、どちらさんでござんしょう」

人垣が左右に分かれて、祭壇の前で金縛りにかかった坊主の背ごしに、兄分らしい男が進み出た。口入れ屋は古風な仁義には不慣れと見えて、へっぴり腰の膝が震えていた。

「不作法はお許し下さんし。手前、安吉より言いつかったことだけお伝えいたしやす。どちらさんも目細の安吉が言伝《ことづて》、しっかとお聞き届け下さいまし」

おう、と上座の親分が答えた。

「ありがとうさんにござんす。目細の安吉が申しますところ、どんな行きちげえがあったにせえ、女の細腕にかかったとは渡世の恥晒《さら》しでござんす。ましてやその女を仇《あだ》の敵《かたき》のと追い回すは、恥の上塗りにござんす。したがいまして手前親分、任俠道の風評を案じ、矢筈の代紋の行く末を慮《おもんぱか》りまして、件《くだん》の女の命、ただいま預りました。お身内衆も親分衆も、非道と覚えますなら目細の安吉が命をお取りなさんし。道理と心得られますなら、向後一切《きょうこういっさい》、女に手出しは無用でござんす。さっそくのお聞き届け、ありがとうさんにござんす。これにてご免こうむりやす」

寅弥はゆっくりと身を起こすと、文句はあるめえとばかりに一同を見渡した。

「そいつはちょいと、僭越《せんえつ》じゃあねえか」

と、霊代が心細げに言い返した。周囲の手前、黙っていたのでは面目がない、とでもいうふうだった。

「おめえさん、矢筈の跡目かね」

寅兄ィは子供に訊ねるような口ぶりで言った。

「いや、そうと決まったわけじゃねえが」

ぐいと睨みつけた寅弥の目は、男をおし黙らせた。

「俺ァおぎゃあと生まれた明治十年から、男てえ稼業をやっているが、女につっ殺された渡世人は見たことも聞いたこともねえ。うちの親分が僭越かどうか、はばかりに行っててめえの金玉に訊いてみろ。邪魔したな。線香を立てるほどの義理はねえが、これァ香奠《こうでん》だ」

寅弥は懐から袱紗《ふくさ》を取り出して、敷居の上に置いた。中味は金ではなく、千代子から受け取った預金通帳と判子だった。

「ごめんなすって」

呆然と見送る人々を尻目に、寅弥は矢筈の本家を後にした。

小名木川《おなぎがわ》の堤まできて、松蔵は振り返った。もし追手がかかるのなら、暗い土堤道《どてみち》が危いと思ったからだった。だが、霙《みぞれ》まじりの川風が吹き晒す堤には枯柳の枝が騒ぐばかりで、それらしい人影はなかった。

「何してやがる。親分の加勢に行くぜ」

松蔵は振り返りながら寅兄ィの後を追った。盗ッ人稼業は破廉恥《はれんち》だと世間はいう。たしかに松蔵の知る盗ッ人は、みな面構えも身のこなしも、世を憚《はばか》るようにおずおずとしていた。だが、親分や兄貴たちはちがう。

「ううっ、寒《さぶ》い。兄貴は寒かねえんですかい。まるで日向《ひなた》を歩ってるみてえだけど」

「寒いは寒い。痩せ我慢だ。寒いと言って温かくなるんならいいがよ、世間はそれほど甘かあるめえ。だったら言うだけ損だ」

わかりやすい人だなと、松蔵はいつも思う。寅兄ィの説教はくどくどとしつこいが、難しいことは何もなかった。

「日向も日蔭もあるもんか。俺ァまっつぐ歩ってるだけだ。文句があるんならお天道さんに言わずに、てめえの足に言え」

少し難しい言葉を松蔵が考えるそばから、小名木川の霙は雪に変わった。

千代子はその晩も、礼拝堂の長椅子に腰をおろして薔薇窓を見上げていた。

これが世界一きれいなのではなく、きれいなものは世界中でこれひとつきりだった。この薔薇窓の下で毒でも嚥《の》んで死ねたら、さぞかし幸せだろうと思った。

日が昏《く》れると薔薇窓は暗く沈んでしまったが、降り始めた牡丹雪《ぼたんゆき》が色ガラスを斑《まだら》に染めた。薔薇窓に抱かれて天に昇って行くような心地だった。

亀戸の長屋からは、お通帳と襟巻だけを持って逃げた。それさえあれば地の果てまで逃げられそうな気がしたからだった。でもじきに、世間はそれほど広くはないと思い直した。

懺悔をしたあとで、お通帳と判子は神父さんに渡した。玉の井にいたころからしばしばここに通って、世界で一等きれいなものをただで見せてもらっていたのだから。

千代子の財産は襟巻ひとつになった。長いこと編んではほどき、ようやっと色柄も手ざわりも納得のゆく襟巻ができ上がった。

もしやと思って、襟巻を薔薇窓にかざした。血のしみは一点もなかった。ほっと胸を撫でおろしたとたん、あたしは貧乏だなと思った。

神父さんが、見知らぬ男の人を連れてきた。千代子とは一生ご縁のないような、すてきな紳士だった。ラクダの外套《がいとう》と青いソフト帽を手に持って、三つ揃《ぞろ》いのホームスパンの背広を着ていた。

「この人が、あなたをきっと守って下さいます」

神父さんがそうおっしゃるのだから、もしかしたらこの人はキリスト様なのかもしれない。

「神様、ですか？」

少し首をかしげてから、神父さんは言った。

「今のあなたにとっては、そうですね」

あたしだけの神様。今のあたしだけの神様。だったらもう少し早くきてくれればよかったのに。

男の人は、外套を千代子の肩にかけてくれた。そういうやさしい心遣いは初めてだったから、千代子はとっさにお礼も言えなかった。

縁なし眼鏡に、薔薇窓の薔薇がいっぱい咲いた。

「ああ、あなたはこれが好きなんだね」

うん、と千代子は肯いた。

「きれいなものは、世界でこれひとつきり」

すると男の人はふしぎそうに、じっと千代子の顔を見つめた。

「そうかな。私はそうは思わないが」

「これひとつきりよ」

男の人はゆっくりと顎を振って、またまじまじと千代子の顔を見た。

「やはり、そうは思わない」

それから千代子の肩に手を置いて、「そろそろ行こうか」と言った。

礼拝堂の大扉の外に、円タクが待っていた。

外套を借りたままでも、千代子は寒くて仕様がなかった。震える膝の上に、男の人は手を置いてくれた。手袋を脱いだとき、大理石のようなその手の白さに千代子は驚いた。これはやっぱり神様の手だと思った。ぬくもりが伝わると、体の震えはおさまった。

「お願いがあるんだけど」

千代子は思い切って言った。

「寒くて仕様がないの。肩を抱いてくれますか」

やはり思った通りだった。神様の手で肩を抱き寄せられると、体が芯から温かくなった。

じきに睡気《ねむけ》がさしてきた。瞼のすきまから、千代子は雪の夜のネオンサインを見るでもなく見送った。

赤。青。黄色。蜜柑の色に翡翠《ひすい》の色。東京には溢《あふ》れていて、信州にはひとつもなかったさまざまの色。

「もひとつ、お願いがあるんだけど」

神様ならきっと聞き届けてくれるはずだと思った。

「あなたを、大好きな人だと思っていいですか」

男の人は声で答えずに、しっかりと千代子の肩を抱き寄せてくれた。そして涙を啜《すす》るように、頰にくちづけてくれた。唇は甘い薄荷の匂いがした。

大好きな人と別れてから、二十何年も経った。その人もこれくらいの齢になっているはずだった。そうと信じたとたん、千代子は幸せな気分になった。これまでの不幸のすべてを、被《おお》いつくしてもまだ余るほどの幸せだった。

車は扇橋《おうぎばし》警察署の前で止まった。

男の人は千代子を支えながら石段を昇り、勢いよく玄関の扉を押した。一瞬、あたりがしんと静まった。刑事も巡査も、目を剝いてこちらを見つめていた。この人はやっぱり神様なのだと千代子は思った。

神様は声だっていいのだ。

「扇橋の署長《おやじ》さんに用事がある。杉本がわざわざ伸《の》してきたと取り次いでおくんない」

応接間に招き入れられると、じきにばたばたと足音がして、偉そうな警察官が入ってきた。

「これはこれは、いたずら電話だとばかり思っていたのですが、まさか親分さんがじきじきにお出ましとは」

男の人は署長の肩ごしに、取り巻きの警官たちを睨みつけた。

「おめえらサンピンと五寸《ごすん》に睨み合うほど安かねえ。すっこんでろ」

警官たちはおよび腰で外に出てしまった。男の人が莨《たばこ》をくわえると、署長はそそくさと火を向けた。

「久しぶりだな。交番《ハコ》の巡査も二十年勤めれァ、縄張《シマ》りを預れるってか。おめえのようなボケナスでも出世できるってのァ、まんざら悪い稼業じゃあねえ」

「はあ、お説ごもっともです。ところで、ご用の向きは」

「おめえさんが血まなこで探してる、矢筈殺しの犯人《ホシ》を連れてきた」

あっと声を上げて、署長は千代子を見つめた。

「それは、願ってもない話で——しかし、またどうして親分さんが」

「どうしてだかは、ちょいと考えたってわかりそうなもんだ。いいか、ボケナス。明治四十二年の大検挙ののち、この俺が仕立屋銀次の跡目をどうあっても受けなかったわけを、知らぬおめえじゃあるめえ。任俠の風上にも置けねえやくざ者が、官とつるんでの悪行三昧《ざんまい》、善と悪との潮目がなくなっちまったんじゃあ世も末だ。てめえが矢筈にどれほどの義理があるかは知らねえが、銀次親分を裏切ったおめえたちなら、矢筈の義理なんざ鼻糞だろう。いいか、万が一にでもこの女を御法にかけねえようなことがあったら、このお天道さんが許さねえからそう思え。いんや、よしんばお天道さんが許したって、この目細の安吉が許さねえ」

闇の底にくぐもるような声でそれだけをまくし立てると、男の人は「話は終わりました。お入んなさい」と人を呼んだ。

千代子の腕に手錠がかけられた。

「お見送りさして下さいな」

後ろ姿に向かって千代子は言った。神様なんて信じないけれど、神様みたいな人はいるのだと思った。

巡査に両腕を摑まれたまま、千代子は後を追った。警察署の玄関先で、男の人は円タクに乗りこもうとしていた。

「外套を、返さなくちゃ」

男の人の顔からは、嘘のように険が消えていた。

「お持ちなさい。これから寒い思いをする」

「それじゃ、せめてこれを」

巡査の手を振りほどいて、千代子は襟巻をはずした。駆け寄った千代子の体を、男の人はもういちど抱きしめてくれた。そして、手錠にからみついた襟巻を、千代子の首に回してくれた。

「夢だったから」

言ったとたん涙がこぼれて、千代子は俯《うつむ》いてしまった。

「夢じゃあないよ。夢は大切にしておけば、いつか夢じゃなくなる。きっとそうなる」

もし空耳でなければ、男の人は千代子の耳元で、はっきりと言ってくれた。

「ごめんな」

いいことなどひとつもなかったけれど、この一言だけで生きて行けると千代子は思った。お国が何をしてくれなくても、お国にかわって詫びてくれる人がいるうちは、胸を張って生きなければいけない。

胸に甘えて瞼をあけると、川向こうに赤や青のネオンサインが瞬いていた。あの薔薇窓は、もう二度と見ることができないのだろうか。

「きれいなものは、やっぱり世界でひとつっきり」

「そうかな、私はそうは思わないが」

千代子をひとしきり強く抱きしめると、男の人は円タクに乗ってしまった。

雪の中に佇んだまま、千代子は力いっぱい手錠を振った。里を立つとき汽車の窓からそうしたように、思いきり背のびをして手を振った。


「話はそれでしめえだ」

天切り松は疲れた瞼を揉《も》んだ。ドアの外が騒がしいのは、現場検証に出た人たちが帰ってきたのだろう。

鉄格子を嵌《は》めた窓の向こうに、彩《あや》かな光が瞬く。三色の信号機と蜜柑色の街灯。黄色いヘッドライトに赤のテールランプ。取調室の曇りガラスは、手の届かぬ幸福をいっぱいにたたえた薔薇窓だった。

「ねえさん。俺ァ何もかわいそうな女の話を聞かせて、あんたをおちょくってるわけじゃねえんだぜ。たしかに千代子は不幸の標本みてえな女だが、のちになって考えてみりゃあ存外そうとも思えねえ。亭主殺しの重罪の上に、お情けを訴えてくれる証人はひとりもいねえ。おまけに世間が大騒ぎしちまったもんだから、こいつァいいこらしめだとばかりに、打ちも打ったり十三年の懲役だ」

　警察官たちはどよめいた。

「まあ、話の下げを聞きねえ」

　天切り松はタバコを藍染の懐に収め、机の上の湯呑と灰皿を持って立ち上がった。

「結審が昭和八年の夏。それから十三年の懲役が不幸だかどうだか、よく考えてみない。おかげで千代子は、満洲にも売り飛ばされず、慰安婦になるわけもなく、日本中が懲役みてえな十三年を悠々自適の別荘ぐらしで過ごしたことになる。もしそれがキリスト様のお情けだてえんなら、まったく粋なおはかれえさ。のう、ねえさん――おめえさんの身の上にいってえ何があったのかよくは知らねえが、道理を通しているんなら、人生けっして悪いふうには転ばねえ。お天道様のお裁きってのァ、そういうもんだ。風邪をひかずに勉強せえ。あばよ」

　天切り松は静まり返った人垣を手刀で分けながら、さっさと取調室を出て行った。

第五夜

琥珀色の涙

　接見室から戻ると、留置場《ナカ》が暗く感じられた。

　思わず壁の掛時計を見た。まだ日の昏《く》れる時刻ではない。接見にきた弁護士が傘を持っていたから、外は雨なのだろう。

「顔を洗わせて下さい」

　看守台の下の半円形の水場に屈《かが》みこんで、蛇口の水を頭から浴びた。

「こら、髪を洗うな」

　付添う看守が、猿回しの腰紐を引いて叱った。夢ならこれきり覚めてほしいと願ったのだが、顔をもたげてみれば薄暗い留置場の中である。きょうは拘置所への移監が何人もあって、扇形に並ぶ雑居房はすっかりすいてしまった。

「何だか淋しくなりましたね」

　看守は苦笑しながら答《うた》えた。

「おまえもさっさと自白《うた》えばいい。東京拘置所《トウコウ》はここよりよっぽどましだ」

鼠色に塗りたくったようなこの暗さは、やはり雨のせいではあるまい。接見室が明るかったせいと、弁護士のもたらした悪い話のおかげで、目がどうかなったのだと思う。

「新入りがいる。面倒見てやれ」

かれこれ一月半《ひとつき》も暮らしている第三房には、藍の作務衣《さむえ》を着た坊主頭の老人が、膝を揃えて座っていた。

鉄扉の錠が解かれた。スリッパを重ねて床下に納め、房に入って看守に礼を言った。

「面倒かけました。ありがとうございます」

畳み上げた莫蓙《ござ》を拡げ、新入りの向かいに腰を下ろした。

気の毒なほどの年寄りである。どんな悪さをするとも思えないから、せいぜい万引きか無銭飲食だろう。

「かしこまっていないで、楽にしろよ」

そう声をかけると、老人はちらりと目を上げて照れるように坊主頭を搔《か》いた。

「新顔《アラメン》は行儀よくしなけりゃいけません。なら、房長さんのお許しを頂戴しやしたので、膝を崩させていただきやす。ごめんなさんし」

妙なやつがきたものだ。だが退屈しのぎにはなりそうだし、塞《ふさ》いでしまった気分をごまかすにも、ころあいの相手だと思った。

齢《とし》に似合わぬ柔らかな身のこなしで胡坐《あぐら》をかくと、作務衣の襟元から彫物が覗《のぞ》いた。

「じいさん、何をしたの」

老人は愛嬌《あいきょう》のある微笑で答えた。

「いえ、何もしちゃいません」

あんがい厄介なやつかもしれない。そう思うそばから、老人はきっかりと目を据えて妙なことを言った。

「なるほど。いい若え衆《わけし》だの。行儀もわきまえているし、面構えもいい。親分が頭を下げて、おめえさんを励ましたってくれとよ。罪を被ったうえ、親の死に目にも会えねえてえんじゃ、あんまり切ねえじゃあねえか」

ぞくりと身がすくんだ。

「何だよ、じいさん」

「何もくそも、いきさつは今言った通りさ」

弁護士がもたらしたものは、父の訃報《ふほう》だった。とたんに目の前が暗くなったのだ。

「さあて、昔なじみの親分に頭を下げられたって、よくは知らねえ若え衆の、励みになる話なんざできるかね」

老人はしばらくの間、腕組みをして遠い浮世の雨音に耳を傾けていた。

一

「ところで、栄治《えいじ》。おめえ、齢ァいくつになった」

デンキブランをくいと一口で空けて、親方は訊《たず》ねた。

「なんだよ、おとっつぁん。一人息子の齢も知らねえんか」

栄治兄ィは唇をひしゃげて答える。病み上がりの体に強い酒は毒だろうと、松蔵は気を揉んでいたが、さすがに四十五度のデンキブランは進まぬと見える。時おりお愛想で切子の縁を舐《な》めるだけだった。

「指の数までは勘定したが、その先は知らねえよ」

と、親方は両掌を開いてお道化《どけ》た。赤ん坊をあやすようなしぐさだった。

十本の指は太くて短くて、墨の色が染みついていた。顔かたちばかりではなくその指先を見ただけでも、実の親子ではないとわかる。盗ッ人に力仕事などないから、栄治兄ィの指は細長くて女のようだった。

「三十五にもなっちまったい」

「へえ、そうかい。俺が嬶《かか》ァを貰《もら》った齢だの」

ほんの一瞬、二人は繋《つな》ぐ言葉を失って酒を飲んだ。松蔵の思い過ごしではない。なさぬ仲の親子の会話には、踏んではならぬ禁忌がたくさんあって、いつもこんなふうに話しながら蹴つまずくのである。

「そういう親方はいくつにおなりです」

場を繕うつもりで松蔵は口を挟んだ。

「ばかか、おめえは。三十五の齢に生まれたガキが三十五になったんだ。てめえの頭で勘定してみやがれ」

話がよけい深みに嵌《は》まってしまった。物の言いようがなくなって、松蔵は親方の切子に琥珀《こはく》色の酒をなみなみと注いだ。

「たいがいにしたほうがいいぜ、おとっつぁん。ほれ、見てみろ。七十にもなってデンキブランを飲《や》る客がどこにいる」

親方は栄治兄ィの説教を鼻で往《い》なした。

「何を言いやがる。ほかのじじいどもがいくじのねえだけじゃあねえか。俺ァ二十歳《はたち》からの常連でえ」

モダンな酒だとばかり思っていたのだが、そんなに古いものだとは知らなかった。いよいよ信じられないことには、どう勘定しても親方は、御一新前の江戸の生まれである。そうした古いなじみの目から見れば、精一杯のおめかしをしてカクテルグラスのデンキブランを舐める若者たちなど、勘ちがいも甚しいのだろう。

「浅草もすっかり変わっちまったい」

親方は溜息まじりに言った。それをしおに気まずい空気はようやく払われ、親子は震災後の東京の変わりようを語らい始めた。

吾妻橋西詰の「神谷《かみや》バー」はもともと酒屋だったのだが、西洋風の店構えとデンキブランが当たりに当たって、鉄筋コンクリートのハイカラなビルディングになった。親方の口癖を借りれば、「関東大震災でビクともしなかったのは、神谷バーと帝国ホテルと俺の普請《ふしん》」だそうだ。

松蔵は青いステンドグラスに額を押しつけて、昏れなずむ往来を眺めた。こうして見ると、震災後に様変わりしたのは銀座よりも新宿よりも、やはり浅草なのかもしれない。ポキリと折れた十二階は工兵隊が爆破した。大川の両岸には広い公園が造られた。昭和二年には地下鉄も引かれ、去年は吾妻橋も架けかえられて、神谷バーの向かいには白亜の御殿みたいな松屋デパートが開店した。

当節のモダンボーイとモダンガールは、地下鉄に乗ってやってきて松屋を覗き、神谷バーで洋食を肴《さかな》にデンキブランを飲んでから、観音様は素通りして六区の活動写真やレヴューを観に行くのである。

「ところで、栄治。おめえ、体の具合はどうなんだえ」

「いっぺんだって見舞いにも来やしねえで、どの口が言いやがる」

「おう。そんだけ悪態がつけるんなら、もう心配《しんぺえ》はなさそうだの」

「ああ、すっかり治ったとは言えねえが、黴菌《ばいきん》は出てねえらしいから安心してくれろ。何もかも、親に代わって面倒を見てくれた目細《めぼそ》の親分のおかげさ。おとっつぁんからも、よくお礼を言っといてくれ」

肺病は不治の病だというが、金をかけて養生すれば治る場合もままあるらしい。いや、正しくは治ったわけではない。退院するとき、お医者は難しい字を書いて、「カンカイですから、くれぐれも無理はしなさんな」と釘を刺した。寛解というのは、病気が治ったのではなくて、とりあえずのところ命の心配がなくなったという意味らしい。

親方は長いこと栄治兄ィの顔を見つめていた。それから一言だけしみじみと、「よかったなあ、栄治」と言った。

ふしぎなことに松蔵は、この親方の本名を知らない。誰もが「根岸の棟梁《とうりよう》」と呼ぶからである。腕前も心意気も天下一にちがいないこの大工の親方には、生まれついての名前など必要なかった。

いっぺんも見舞いにこなかったのはたしかだが、きっと親方にはそれなりの理由があったのだろう。たぶん、不治の病に冒された倅《せがれ》を目にする度胸がなかったのだと思う。口先にはいちいち刺《とげ》があるけれど、日本一の大工は日本一やさしくて、まるで小娘のように繊細な人だった。

そんな親子のやりとりがたまらずに、松蔵はステンドグラスごしの花川戸《はなかわど》の五叉路を見つめ続けた。血を分けた子供を女郎屋に売り飛ばす親もいれば、なさぬ仲の倅をこれほどまで気遣う父親もいるのだ。

俺ァおやじの背中で育った、と栄治兄ィは言う。おふくろが弱かったもんで、おやじは赤ん坊をねんねこにおぶって仕事に出たのだ、屋根の上が好きになっちまったのは、そのせいだと。

愚痴にも自慢にも聞こえるそんな口癖は、松蔵の胸を錐《きり》のように刺した。

「俺ァこの齢になって、ようやっと納得のいく仕事をしたぜ」

「へえ。おとっつぁんが納得のいく仕事かい。そいつァ聞き捨てならねえの。で、どこの長屋でえ」

ハハッ、と親方の高笑いが聞こえた。

「おめえ、俺が長屋の修繕ばかりしていると思ったら、大きなまちげえだぜ。本《もと》を正しァ、代々江戸城のお作事《さくじ》一切を任されてきた大棟梁、甲良筑前《こうらちくぜん》様が手塩にかけた直弟子《じきでし》だ。本領発揮は唐破風《からはふ》の大玄関をデンと構えた御殿にちげえねえ」

「その甲良なんとかの話は百ぺんも聞いた。で、おとっつぁんがついに、邸大工の本領を発揮して一世一代の仕事をした、と。そいつァめでてえ。施主はどなたさんだえ」

「聞いて驚くなよ」

「驚きゃしねえさ。おとっつぁんの腕前なら、よしんば宮内省からお声がかかったって、ちっともふしぎはねえ」

「花清《はなせい》の大旦那だ」

松蔵は飲みさしの切子をぶちまけて振り向いた。

「何だと——」

栄治兄ィは白目の勝った三白眼を剝《む》いていた。

二

天切り松は目の先六尺しか届かぬ夜盗の声音《こわね》で続けた。

「さて、この話にァのっぴきならねえいきさつがある。黄不動《きふどう》の栄治といやァ、大江戸以来《いれえ》の天切りの技を、昭和の今に伝える盗ッ人だった。ケチな町家なんざ見向きもしねえ。的は定めて忍び返《げえ》しに見越の松、唐破風の大玄関をデンと構えたお屋敷だ。その黄不動の出自を尋ねれば、これが芝居《しばや》そこのけの因果な話。そもそも根岸の棟梁は実の親じゃあねえ。それじゃあどこのどなたの種かてえと、これが江戸の昔から花清の看板で知られる四代目花井清右衛門《はないせいえもん》の大旦那、若え時分にたまさか女中を孕《はら》ませて、そのまんま出入りの大工《でえく》に払い下げたてえんだから埒《らち》もねえや。そんな非人情の甲斐あってか、花清こと合名会社花井組は東京中にビルヂングをおっ建てて大繁盛、ましてや震災のあとは、大東京を造り直す工事までひとからげに引き受けての濡れ手に粟、小石川富坂町のお屋敷は入婿に譲り、その年の町村併合でめでたく東京市の仲間入りをした世田谷は砧《きぬた》の閑静な森の中に、大名屋敷そこのけの隠居所も建とうてえもんさ。そりゃあそれでよかろう。したっけ何だえ、その建前をよりにもよって、三十五年前に不義の子供をおっつけた根岸の棟梁に任せるたァ、いってえどうした了簡《りょうけん》ちげえだ。へい、ようがすと仕事を受けた棟梁も気が知れねえ。お大尽が余生を過ごす終《つい》の棲《すみか》なら、日本一の大工に任してえのも人情だろうが、そりゃあ非人情な野郎の手前勝手《てめえかって》な人情にちげえねえ。施主の名を聞くなり栄治兄ィは、切子のコップを床に叩《たた》きつけて怒鳴りつけた。おうおう、おとっつぁん、俺ァ今の今までおめえさんを、江戸ッ子の鑑《かがみ》だと尊敬してめえりやしたが、まさか物を考えねえただの馬鹿野郎だとは思ってもいなかった。花清の屋敷を建てるにァ、さぞかし結構な手間賃を頂戴したんだろうぜ。だったら何か、腹の膨れた女中を貰い受けるときも、しこたま腐れ銭をめぐんでもらったか。したっけ、俺もおふくろも贅沢なんざさしていただいたためしはねえぞ。するってえと、悪銭身につかずのたとえ通り、ビタ一文残さず神谷バーのデンキブランに変わっちまったてえこったの。そういう話なら是非もねえや、俺は三十五年の間、おめえさんを実の父だと信じてめえりやしたが、向後面態《きょうこうめんてえ》、親でも子でもござんせん、ごめんなすって——栄治は神谷バーのテーブルの上に、勘定とは思えねえ十円札の束を、ドサリと叩き置いて出て行っちまった。親方、何とか言っておくんなさい、と俺が肩を揺すっても、まるで梁《はり》の上から職人の仕事っぷりを見おろしでもするみてえに、腕組みをしたまんまむっつりとしてやがる。やい、松公。この銭ァ栄治の鼻タレに返《けえ》してくれ。そりゃあできねえ相談だぜ、親方。すると親方は、ステンドグラスの向こっかしの吾妻橋に目を向けてこう言いなすった。そうかい、そんならすまねえが、大川にほっぽってくんねえ。俺もこのごろすっかりいくじがなくなっちまって、てめえの手でほっぽらかす元気がねえんだ。まったく、齢ァとりたくねえもんだの――」

小体《こてい》な庭先のもみじが艶《あで》やかに染まっている。

話の一部始終を聞きおえると、おこんはいくらか気の早い長火鉢の炭を掻きながら、切なげに溜息をついた。

「おまえも苦労なやつだねえ、栄治。まあ、それにしても、よくぞ私《わっち》に打ちあけてくれた」

瘦せた体を障子の縁《へり》にもたせかけて、栄治は昏れなずむ空を見つめている。

「親分や頭《かしら》に言える話じゃなかろう」

「女に愚痴をこぼすってのも、おまえらしくはないけどね」

栄治兄ィは膝を抱えて俯《うつむ》いてしまった。身内の恥を晒《さら》したくはないのだろう、と松蔵は思った。へこたれてしまった栄治兄ィを見るのは初めてである。

齢がいくつも離れていないせいか、おこん姐御と栄治兄ィの間には、実の姉と弟のような情が通っていた。

「松公、ぼさっとしてないで茶ぐらい淹《い》れな。栄治もおまえもお客様じゃあないんだ」

松蔵が番茶を淹れる間、おこんは黙りこくって熾《おき》を搔いていた。頤を支えた指先が、座敷の薄闇に抜きん出て白い。

「そう深く考える話じゃあるまい。根岸の棟梁だって、そもそもは立派な邸大工なんだ。七十にもなれァ、一世一代の仕事をしたいってのも、人情じゃあないか」

「そりゃあわかるさ。したっけ、どうしてそんな話を俺にするんだよ。喧嘩になって当たりめえだろうが」

「そこだねえ、わからんのは」

おこんの家《ヤサ》は相も変わらず湯島の天神下である。いかにも妾宅という風情の小ざっぱりとした住いだが、いつ立ち寄っても男の匂いはしなかった。

茶をひとくち啜《すす》って、おこんは思いついたようにまんまるの目を瞠《みひら》いた。

「わかった。喧嘩になって当たり前のことを言ったってのは、つまり喧嘩を売ったんだろう」

「何でえ、そりゃあ。もっとも、俺もついカッとして言わでものことまで言い返しちまったがの」

「何て言ったんだね」

「二度は言えねえ。口が腐るぜ」

茜《あかね》色の夕陽に染まる縁側で、栄治は頭を抱えてしまった。まるで拗《す》ねた子供のようなしぐさだった。

栄治兄ィの生まれ育ちは知っている。十四の春に出生の秘密を知って家を飛び出した。

安吉親分に拾われたのは、六区の不良少年団の顔だった十七のときだ。口数のめっぽう少い栄治兄ィが、恥を忍んでそんな苦労話まで語ったのは、不幸な生い立ちの松蔵に寄り添う真心からだったと思う。

おこん姐《ねえ》さんの過去などは知らない。だがもしかしたら、弟分の栄治にだけは他《はた》に言えない苦労のくさぐさを語っているのではないかと松蔵は思った。人間、ひとりぽっちのままでは、まっつぐに育たない。

「のう、栄治――」

おこんは吹かしていた長煙管《ながギセル》をやにわにくるりと返すと、長火鉢の縁に雁首《がんくび》を叩きつけて言った。

「黄不動の栄治の二ツ名を持つおまえが、何を病人みてえなしけた面ァしていやがる」

突然まくしたてた啖呵《たんか》に、松蔵も栄治も思わず背筋を伸ばした。

「俺ァ病人だぜ、姐《あね》さん」

「病人が娑婆《しゃば》に出てこられるもんかい。いいかい、栄治。私《わっち》ァそのしけた面を見ているうちに、根岸の棟梁がいったい何をお考えなのか、よくわかった。花清のお屋敷を建てたのァ、齢《よわい》七十、一世一代の仕事をなさりたかったからにちげえねえ。したっけ、それをおまえの耳にわざわざ入れるたァ、どうした了簡だ。よおく考えてみな。おまえのその腑《ふ》抜《ぬ》けちまった面を見りゃあ、何としてでももういっぺん、背中《せな》の黄不動に立ち上がってもらいてえ、元の威勢のいい栄治に戻ってもらいてえと願うのが親心てえもんだろう。わかるかえ、栄治。根岸の棟梁はの、精魂かたむけた一世一代の普請を、破れるもんなら破ってみろとおまえに言ったんだ。さあ、どうする。二ツ名を返上して堅気の叩き大工になるか、みごと花清の屋根を破って黄不動の金看板を背負《しょ》い直すか、根岸の棟梁がどっちをお望みかは知らねえが、二度と見たくもねえのは、おまえのそのしけた面だよ」

栄治兄ィはゆるゆると顔を上げ、天神様の山の上から朱泥の色に沈んでゆく夕空を、長いこと眺めていた。

「おとっつぁんは、おいくつだったね」

天切り松は話の合間に訊《たず》ねた。

「七十二です」

「そうかい。きょうびの寿命からすると、まだ早えな。さては倅の不孝が身に応えなすったか」

小窓《シキテン》が開いて、看守が白湯《さゆ》を差し入れた。

「かっちけねえ。久しぶりの闇がたりで、咽《のど》が嗄《か》れちまった」

「闇がたり、って何ですか」

茶碗の底を覗くようにして白湯を啜りながら、天切り松は唇を動かさずに答えた。

「目の先六尺しか届かねえ、夜盗の声音さ。寝静まったお屋敷に忍びこんだら、この声で相方と話す。誰にも聞こえねえ。昼日中のカフェーで段取りを決めるときだって、この声ならばムッツリと向き合っているとしか見えねえ。もっと都合のいいことにァ、こうしてパクられたときだって、ご同業なら看守に聞きとがめられずに、思うさま暇を潰すことができた。もっとも、それァ明治の職人が現役だった震災前までの話だがな」

ふいに金網ごしの裏窓から、「とっつぁん、よく聞こえねえよ」と苦情の声が上がった。いつの間にか、何人もの刑事や巡査が話に群がっていた。

「おう。それでもいくらかは聞こえちまったか。俺もヤキが回ったもんだ。闇がたりが錆びちまったんじゃあ、この先ァもう年金で食うほかはねえか」

そうではないと思う。老人は話しながらときどき、裏窓に顔を向けていた。警官たちが聞き耳を立てて金網に張り付くのを面白がっていたようで、あんがい底意地が悪い。

「それは、いつごろの話だ」

刑事のひとりが訊問口調で言った。

「おう、旦那。ちょいと見ぬ間に老けこんだの。いつと問われりゃあ、なにせ書き付けご法度《はっと》の盗ッ人稼業だ。いつ幾日《いつか》の出来事でございと答えるこたァできやせん。それじゃあ調書の作りようがねえと泣きを入れなさるんなら、まあ昭和七年は申《さる》の年、青山練兵場の銀杏《いちょう》並木も黄色く染まる十一月、てえことにしておきやしょうかい。たしかその秋にァ、十五区の東京市が近在五郡八十二町村を呑みこんで三十と五区、これでめでたく人口も五百万人、それまで日本一だった大阪をしのぎ、ニューヨークに次いで世界第二位てえ花の大東京ができ上がった。さて——いきなり所轄の拡がった桜田門はてんてこ舞い、怪しい野郎にコラコラと、職質なんぞしている暇のあるもんか。そんなこんなでわざわざ円タクを雇うのも馬鹿らしい、武蔵野の雑木林も錦に染まる昼日中、新宿駅から小田急で伸《の》しましたるは、東京市下世田谷町、改め東京市世田谷区は成城学園前のお屋敷町を、ホームスパンの三ツ揃いにボルサリーノを小粋にかしげた黄不動の栄治とその舎弟が、的を尋ねてぶらぶらと、歩っていたと思いねえ。どこもかしこも満洲景気に浮かれ上がった御殿だらけで、いちいち表札を改めていたら日が昏れちまう。そこで折よく向こうから自転車を漕いでやってきた駐在、よもやまさかと思う間に、栄治兄ィは通せんぼして的を訊《き》く。あのもしもし、お巡りさん——」

三

「お急ぎのところおそれ入ります。安田銀行本店営業部の者でございますが、このあたりに花井清右衛門様のお屋敷を探しております」

名刺など出す必要もあるまい。そうと名乗れば栄治兄ィは、疑いようもなく帝大出の銀行員だった。

巡査は自転車を飛び降りて、的のありかを何もそこまでと思うくらい懇切丁寧に教えてくれた。

言われた通りに道をたどって行くと、やがて屋敷町は竹籔《たけやぶ》と雑木林に変わり、思いもかけぬ田園風景を見はるかす丘の端に出た。

「道をまちがえたんじゃねえのかい」

「いんや。隠居をするんならけっこうなところだぜ」

南向きの斜面には葡萄棚《ぶどうだな》がつらなり、急に落ちかかる土手の真下に、桟瓦《さんがわら》を頂いた平屋の大屋根があった。

「舐められたか。これじゃあ屋根によじ登る手間がかからねえ」

屋敷は丘の懐に抱かれている。これなら北風は入らず、お天道様もほっこりと温《ぬく》めてくれる。しかし葡萄畑の端からエイヤッと跳べば、造作もなく屋根に立てるのである。

二人は芝草の陽だまりに腰を下ろした。足を棒にした安田銀行のセールスマンが、景色のいい場所に陣取って一服つけているという図である。

くわえ莨《たばこ》の灰を落ちるにまかせて、栄治はじっとお屋敷に見入っていた。

「すげえ普請だ――」

昏の端だけで栄治は呟《つぶや》いた。松蔵も同感である。目の下の母屋はよく見えないが、園池に張り出すようにして西側に袖屋《そでや》が設《しつら》えてあった。たぶん、庭を賞《め》で月を眺め、夏は蛍の舞いこむ大広間であろう。ぐるりを高欄が繞《めぐ》っており、庭に下りる階《きざはし》も付いている。廊下は板張りではなく、畳敷きの入側《いりがわ》になっていた。

その長い入側の欄間《らんま》をまっすぐに貫いているのは、どう見ても一本の檜柱《ひのきばしら》である。

「紀州材だぜ。金に飽かして買い集められる材料じゃねえぞ。瓦だってそこいらの出来合いじゃあねえ。あの色艶《いろつや》は松葉燻《いぶ》しの注文誂《あつら》えだ。見てみろ、どこの端もぴったり収まって、削った痕がなかろう」

池の向こう岸には茅《かや》を四方《しほう》葺《ぶ》きにおろした東屋《あずまや》がある。東側の庭のはずれには、北山杉と竹籔に包まれた草庵ふうの茶室が静まっていた。

広さは二千坪の上もあろうか。周囲を隔てているのは、御所もかくやはと思える築地《ついじ》塀《べい》である。だが、豪勢だの贅《ぜい》の極みだのという言葉は思いつかなかった。もし難しい文句の使い方がまちがっていないのなら、完璧な屋敷だった。

「何だってよお、おとっつぁん――」

栄治の独りごとはその先がつながらなかった。

これが「根岸の棟梁」と呼ぶほかには、人間の姓名を持たぬ職人の仕事ぶりだった。何だってあの親方は、破《や》れ長屋の修繕をしたり、どぶ板を嵌《は》めて回ったりしているのだろう。

完璧な普請を飽かず眺めているうちに、松蔵は今ひとつのことに思い当たった。建ったばかりの新木の匂いもかぐわしいお屋敷が、あたりの風景になじんでいるのだ。まるで千年の昔からそこにそうしているように、森や竹籔や枯田の風景を、少しも脅《おびや》かしていなかった。

「根岸の棟梁は名人だ。生意気《ナマ》を言うようだけど、栄治兄ィ。俺ァ、こんな普請は見ためしがねえよ。何だか、腰が抜けちまったい」

栄治はもう物を言わなかった。ただ、秋空の下に拡げられた一幅の絵のようなお屋敷を、ぼんやりと見つめ続けるだけだった。


「それで、天切りはあきらめたか」

裏窓から間《あい》の手のように入った声に顔を振り向け、天切り松は苦笑いをした。

「筋の読めねえお人だ。それでよくも十手《じって》取縄を預っておられるの。いいかえ、旦那。おこん姐御の読みは図星だった。根岸の棟梁は胸の病でへこたれちまった栄治を、千尋《せんじん》の谷に突き落とす獅子の気持ちで喧嘩を売ったんだぜ。だったら、その獅子の子供が崖の下から泣きを入れてどうする」

天切り松は遥かな山巓《さんてん》を仰ぐように、留置場の天井を見上げた。蛍光灯の光を満面に受けながら静かに瞼をとじる。

「のう、若え衆。俺ァ、そこの盆暗《ぼんくら》どもに話を聞かせているわけじゃあねえぞ。よしんばやくざ者にせえ、堅気の若えやつらよりよっぽど行儀のいいおめえさんひとりに、こっからさきは話してやる」

裏窓の警官たちには、天切り松が話し疲れて黙りこんだとしか見えないらしい。

「さあて、栄治が家《ヤサ》は先《せん》に変わらぬ神田三河町、将門様《しょうもんさま》の冥加《みょうが》で大震災にも焼け残った路地裏の二階《にけえ》だ。神田駅から飛んで帰《けえ》りゃあ、その昔八丁堀の同心だったてえ大家の爺ィ、足腰ァ達者なもんだがさすがに頭はボケちまって、西郷征伐も満洲事変も一緒くただ。チチハルまで攻めこまれりゃあ、西郷どんも年貢の納めどきだの、なんぞと新聞拡げてぶつくさ呟く鼻っ先《つあき》を、爺ィ、邪魔だと飛び越えて梯子段《はしごだん》を駆け上がる。やい、黄不動。てめえよもや病み上がりのその体で、ヤマを踏もうてェわけじゃァあるめえの。おうよ、その通り。無理はするなとお医者は言うが、やれ腹が痛えの尻《けつ》が痒《かい》いので、やまる戦もござるめえ。よしんばこの俺がやめようたって、背中《せな》の黄不動が了簡しねえさ。栄治兄ィは背広もシャツも脱ぎ散らかして褌《ふんどし》一丁の大あぐら、押し入れから取り出したるは墨染の筒袖に股引腹掛けの盗ッ人装束一揃い。そればかりじゃあねえぞ。畔挽鋸《あぜひきのこ》に小玄翁《こげんのう》、四方錐《しほうぎり》に釘抜《かじや》、追入鑿《おいれのみ》、道具はどれもピッカピカに研ぎすまされて、出番待ちの白浪五人男が大川端に勢揃いだ。いいか松公。俺ァこれから、実の親と育ての親を二人まとめて的にかけるが、そんな阿漕ヶ浦《あこぎがうら》はごめん蒙《こうむ》るてえんなら無理強いはしねえ。何をおっしゃる栄治兄ィ、黄不動が一世一代《いちでえ》の天切り、阿漕ヶ浦に曳く網の、片棒担《かか》ずば金輪際、兄の弟のとは呼び合えますめえ。黒手拭を鼻の下でねじっきり、得物を肩にダダッと駆け下りりゃあ、正気に返《けえ》った大家の爺ィ、上りかまちで威勢よく、火打ち石なぞ爆《は》ざしァがる。世田谷までの足ァどうする。思う間もなく路地に着いたは最新型のマーキュリー。ハンドルを握ってやがるのァ、古いなじみの車力《しやりき》の太郎、震災からこっちは円タクの運転手に稼業を替えて、市内どこでも一円どころか、乗ったら最後、有り金残らず置いてけ堀の雲助だ。やい、太郎。俺ァこれから仕事に出るが、ゴーストップも乗り打ちの十円でどうだ。冗談もたいげえにせえよ栄治兄ィ、久方ぶりに黄不動の馬の足になろうてえんなら、その十円の祝儀は目赤不動の賽銭箱に投げてやらあ。南無遍《なむへん》照《じよう》金剛《こんごう》、さあ行くぜ、乗った、乗った、乗った！」

四

夜空の高みに眉月《まゆづき》が懸かっている。

満天の星のところどころに雲の刷《は》かれる、天切りにはころあいの晩だった。桟瓦《さんがわら》は月明りを照り返すが、星かげは艶もなく染みついて、手元と目先しか見えぬ墨流《すなが》しの闇になる。

お屋敷の大屋根に飛び移ると、栄治は布を巻いた小玄翁の頭で、あちこちの瓦をこつこつと叩いて回った。いつもならそれも二度三度で膠《にかわ》の緩みが見つかるのだが、二人がかりでどこをどう叩いても、手応えのある音は返ってこなかった。

天切りの芸に力ずくはありえない。入母屋《いりもや》の妻を覗きこんでも、勾配が急で足場がないうえ、破風《はふ》には頑丈な地蔵格子が嵌《は》まっていた。これでは破りようがない。しばらく腕組みをして思案し、栄治は腰の皮袋から小刀を取り出した。刃物で膠を切るのは並大抵ではない。

桟瓦は地震がくれば滑り落ちて、屋根を軽くするように組まれている。身軽になって家を守るのである。つまりこれだけしっかりと瓦を留めてあるのは、建物がよほど剛直に造られている証拠だった。

松蔵はこのお屋敷の図面を想像した。大黒柱が何本も、ふかぶかと打ちこまれているはずだ。土台を固めているのはコンクリかもしれない。

栄治は腹這《はらば》いになって膠を切り続け、長い時間をかけてようやく一枚の瓦を剝《は》がした。

「松公、代われ」

闇がたりの息をあらげて、栄治は顎を振った。

まるで剃刀《かみそり》で鯨を捌《さば》くようだ。練りに練られた膠は刃にまとわりついて、まるで仕事の捗《はか》がいかない。二人がかりでたった四枚の瓦を剝ぎ取るまでに、とんだ時間を食った。

瓦の下は野地板《のじいた》である。松蔵は飯篦《めしべら》のような畔挽鋸を取り出した。稜《そば》のない平地板《ひらじいた》を切る鋸である。刃を当てたとたん、怖気《おぞけ》をふるった。松でも杉でもない。この硬さは、たぶん栗の一枚板だ。

「兄ィ、手に負えねえぞ」

栄治は松蔵を押しのけて、まるで俎《まないた》のように厚い野地板に鑿を当てた。削り取るしかない。

鑿を追いこむにしても、玄翁の音を立ててはならなかった。思い切り叩けない苛立《いらだ》ちが悔やしさに変わって、二人は獣のような唸《うな》り声を上げた。

野地板を切り取るころには、眉月が西に傾きかけていた。

顔を並べて天井裏を覗きこみ、しばらく目を慣らした。闇の底から白い棟木《むなぎ》が浮かび上がってきた。新木の匂いが湧いている。

「すげえや、兄ィ」

栄治は目を瞠《みは》ったまま答えなかった。

黒ずんだ古材などはどこにも見当たらない。こんなところにまで、惜しげもなく紀州檜《ひのき》の太柱が使われている。しかもとりわけ太い棟木と夥《おびただ》しい数の横木とが、きっちりと枘《ほぞ》を嚙み合わせて組み上げられていた。

「かなわねえや」

松蔵は思わず弱音を吐いた。ここまでくれば仕事はおえたも同然なのだが、闇の中にはこの普請をした職人たちの気合いが充満していて、たとえば人の手の触れてはならぬ神仏の威《おどし》が、たちこめているような気がしたのだった。

栄治の三白眼が松蔵を睨《にら》みつけた。

「この先は俺の仕事だ。待っていろ」

狙い定めて棟木の上に飛び降り、栄治は天井裏の闇の中に消えた。

わけもなく震え続けて収まらぬ膝を抱えて、松蔵は栄治の帰りを待った。

ともかくも屋根は破った。勝負はついたのだ。ならば兄ィは、いったい何をするために入って行ったのだろう。この先の仕事、とは何なのだろうか。

腹の底から蔑《さげす》む花清の腐れ銭に、栄治が手を触れるはずはなかった。お宝も同じだ。だとすると、ひとでなしの父親の枕元に追入鑿を突き立てて、寅兄ィのような説教でも垂れるつもりだろうか。

やがて東の空が白み、あたりの籔で鳥が囀《さえず》り始めた。

ようやく兄ィが帰ってきた。差し延べた松蔵の手を摑んで屋根に出ると、野地板を嵌め直し、瓦を元通りに置いた。

「雨洩りでもしたら何だ。おとっつぁんに言って、修繕をさせなけりゃならねえの」

兄ィの笑顔には、昔のような生気が戻っていた。一世一代の屋根を破って、厄病神も退散しちまったのだろう。闇の底から帰ってきたのは、紛れもない黄不動の栄治だった。

「兄ィ、いってえ何の仕事をなすっていらしたんで」

朝ぼらけの光にほんのりと頰を染めて、栄治は答えた。

「黄不動見参のお札を、寝間の床柱に貼り付けてくるつもりだったんだが――」

なるほど、と松蔵は得心した。その落ちはいかにも兄ィらしい鯔背《いなせ》っぷりだ。

「つもり、って」

「おうよ。したっけ、花清の寝顔を見ていたら、どうにも俺の面と瓜《うり》ふたつでの。そりゃあ憎さも憎いが、今さらあの面に悔いの涙を流さしたところで、おたがい後生《ごしょう》が悪かろう。俺も大人になったもんだ」

栄治は簡単に言ったが、それにしては時間がかかった。きっと兄ィは、実の父親の寝息を聞きながら、長いこと物を考えていたのだろう。根が律義者の兄ィだから、ちんまりと膝を揃えていたかもしれない。

根岸の棟梁は、やっぱり日本一の大工だと松蔵は思った。

「それにしても、いい普請だなあ」

朝靄《あさもや》に洗われる大屋根をぐるりと見渡して、栄治は腹の底から闇がたりの声を絞った。

「のう、若え衆《わけし》。俺ァ何もおめえに、四の五のと説教を垂れているわけじゃあねえんだぜ。やくざに生きるも堅気に暮らすも、俺に言わせりゃあ、大《てえ》したちげえはねえ。一等ばかばかしいのは、肚《はら》が括《くく》れずに生きているか死んでいるかもよくわからねえ人生だ。もっとも、世の中あらかたはその手合いだがの」

天切り松は悲しげに目を伏せた。

「仕事にかまけて親の死に目に会えねえなんてえのは、ちっとも珍しい話じゃあねえ。おめえがどんな罪を被《き》たんだかは知らねえが、親分が俺に頭を下げて、どうか慰めてきてくれろと言ったんだ、ならばここにこうしているのも、立派な仕事のうちじゃあねえか。釈放《パイ》にせえ懲役《アカオチ》にせえ、放免になったその足で線香を上げに行きゃあそれでいい。一番の親不孝はの、おめえがそのしけた面のまんま、この先もへこたれて生きることさ」

そこでいちど口をとざし、天切り松は二の腕をさすりながら溜息をついた。話の先を継ぐべきかどうか、迷っているふうにも見えた。

「根岸の棟梁が卒中で倒れたのァ、それからいくらも経たねえ年の瀬だった。てえしたもんだぜ。建前の棟木に跨《また》ったまんま、向こう鉢巻も解かずに俯伏《うっぷ》し、握っていた矩尺《かねじゃく》が地べたに落ちて初めて職人どもが気付いたてえんだ。あれこれ口やかましい親方は、下から指図をするてえことがなかった。棟梁《むなばり》に跨ってこその棟梁《とうりょう》だってえのが口癖だった。弾の飛び交う戦場でもあるめえに、御大将が兵隊の尻《けつ》を舐めてどうする。そんな了簡で戦をしようもんなら、どんな普請だってみいんな、花清の建てたビルヂングみてえに歪《ゆが》んじまわあ——そうさ、そりゃあ嫌味でも何でもねえ。根岸の棟梁に言わせりゃあ、素人目にはまっつぐに見えるビルヂングも、みんな曲がっていたんだ」

五

聖路加《せいろか》の地下の霊安室は、廊下まで人が溢《あふ》れていた。

「栄治はどうした」

瞼《まぶた》を泣き腫らした寅《とら》兄ィが、剣呑《けんのん》な声で訊ねた。

「後からじきに」

「何をしてやがる。こんだけ大勢の人が駆け付けてるってえのに、喪主が後からだと」

三河町の家《ヤサ》に急な報《しら》せが届いても、栄治兄ィはまるで予見していたかのように平然としていた。使いの小僧はべそをかきながら、「お医者さんが、もういけねえって」と言った。

松蔵には寄り道の見当がついていた。

「親方の好物を買ってくるだと。まったく、栄治も物を悪く考えねえ野郎だな。好物も何も、おとっつぁんは物の食えねえ体になっちまったじゃねえか」

「かしら、声が大きいよ」

と、おこんが脇からたしなめた。その向こうでは、テールコートを着て山高帽を胸に当てた常兄ィが、葬儀屋の番頭と弔いの打ち合わせをしていた。

安吉一家が顔を揃えたのは久しぶりだった。人は死んで初めてその値打がわかるというが、根岸の棟梁はそういう人だったのだと松蔵は思った。

地下の廊下の片側には明りとりの窓があって、真青に晴れ上がった冬空が覗いていた。その廊下のずっと先の革張りの長椅子に、紋付袴の安吉親分が腰かけていた。顔を知る人はそういないはずだが、近寄りがたい貫禄が人々との結界を張っているように見えた。

「栄治兄ィはじきに参《めえ》りやす」

松蔵が声をかけると、親分は縁なし眼鏡に冬の光を映して顔を上げた。

「使いを立てて、花清に知らせたんだが。今さら栄治に合わせる顔がねえ、とよ。まあ、面倒くせえだけなんだろうが、人情で義理を欠くてえ、くだらねえ野郎さ」

親分はそのあたりを、栄治兄ィにどう説明したらいいものかと、考えこんでいたにちがいなかった。

弔問客は次々にやってきた。立派な身なりの紳士もいれば、割烹着《かっぽうぎ》に買物籠《かご》を提げたおかみさんもいた。しかしどの顔にも、義理で訪れたふうはなかった。誰もがまっしぐらに霊安室をめざし、とたんに声を嗄《か》らして泣き、傷悴《しょうすい》しきってまた廊下に出てきた。

親分が口にした「人情で義理を欠くてえ、くだらねえ野郎」の意味について、松蔵は考えねばならなかった。

「のう、松公。この有様をよく見ておくんだぜ。根岸の棟梁はの、男の手本だ」

血は水よりも濃い、などという諺《ことわざ》は、でたらめにちがいない。栄治兄ィは姿形もしぐさも物言いも、何ひとつ棟梁には似ていないけれど、気性ばかりが瓜ふたつだと思う。そしてたぶん姿形がよく似ているにちがいない花清の大旦那は、中味がまるきり別人なのだろう。

栄治が来た。ホームスパンの三ツ揃いの背を丸めて、弔問客にていねいな挨拶をしながら、廊下の先の親分に気付いた。

「ご面倒をおかけいたしやす」

親分はたったひとりの身寄りに、立ち上がって礼をつくした。ホームスパンの肩に手を回して、栄治に詫《わ》びたのだ。

「俺が今少し気遣ってやればよかったんだが、このところすっかり間遠になっちまってな。何もできなくて、すまなかった」

栄治は口をきつく結んだまま答えなかった。

「ところで、どこに寄ってきた」

親分の目は、栄治が胸元に抱えた風呂敷包みに向けられていた。

「あのおやじのこったから、まさか命にかかわるたァ思っていなかったもんで、好物を買ってきちまいました」

「そりゃあ残念だったの。何でえ、その好物てえのは」

「仲見世の人形焼で」

松蔵は胸が詰まって、窓辺の青空を見上げた。栄治兄ィの嘘を聞いたのは初めてだった。人形焼ははなっから、棺箱に入れるつもりで買いに行ったのだ。

頑固者の棟梁が栄治兄ィから黙って受け取るものといえば、大好物の人形焼のほかにはなかった。盗ッ人の施しは受けねえと言って、珍しい酒だろうが初鰹《はつがつお》だろうが札束だろうが、みんな隅田川に投げ捨ててしまうのだった。

根岸の棟梁が喜ぶものといえば、神谷バーのステンドグラスごしに酌み交わすデンキブランと、仲見世の人形焼だけだった。

　盗ッ人の施しがどうのというのは、屁理屈《へりくつ》にちがいない。きっと親方には、栄治兄ィの人生を捻《ね》じ曲げてしまった負い目があって、ささやかな孝行にも甘えることができなかったのだろう。

　煉瓦塀に囲まれた小さな青空を見上げているうちに、その青さが親方の純情に思えてきて、松蔵は人に気取《けど》られぬよう立ったまま涙を流した。

「松公。みっともねえ真似はするな。栄治兄ィはしゃんとしているじゃあねえか」

　常兄ィに闇がたりで唸られた。鼻をすすり、背筋を伸ばした。一切を仕切っているらしい常次郎は、妙に堅気の声音で栄治に語りかけた。

「お客様にはいったん出ていただきますので、どうぞ中にお入り下さい。村田君、あなたもまだお会いしてないね。ご一緒なさい」

　腰が引けてしまった。情けないとは思うのだが、冷たくなった根岸の棟梁と会いたくはなかった。いや、栄治兄ィの悲しみを見たくはなかった。

　霊安室は真白だった。何もかもが雪に埋もれたような白の中に、白衣を着た老医師と看護婦が立って栄治を迎えた。

　親方の顔を被《おお》った白い布がめくり上げられた。少しの苦しみもなかったのだろう、いくらか笑っているように見えた。

　お医者がていねいに説明を加えた。担ぎこまれてきたときにはまだ意識があったのだが、眠ったかと思う間に息が止まってしまったそうだ。

大往生でした、とお医者は言い、掌《て》を合わせて霊安室を出て行った。

「松、二人きりにしてやろうぜ」

去りかける親分の腕を、栄治が引き止めた。

「勘弁してくれ、親分。おとっつぁんと二人きりじゃあ間《ま》が持たねえ」

思いついたことがある。栄治兄ィは親方と酒を飲むとき、必ず松蔵を誘った。二人の間には歳月では埋めきれぬ、また他人の目には見えぬ深くて暗い溝があったのだろう。

俺ァおやじのねんねこで育ったんだ、という栄治の口癖を思い出すと、顔が歪んでしまった。青空にかんと聳《そそ》り立つ棟木の上で、赤ん坊をおぶって玄翁を振るう親方の姿が目に見えたのだった。

「のう、おとっつぁん。倅を百ぺんも勘当しやがったあげくに、しめえはこのザマかよ」

栄治は死顔を見おろして悪態をついた。たしかに酒を飲んでも飯を食っても、別れ際にはいつも口喧嘩が始まった。

てめえみてえな下衆《げす》野郎は金輪際親でもねえ子でもねえ、と親方は言った。

おう、上等だ。金輪際は二度ねえと思え、この糞爺《くそじじ》ィ、と栄治は怒鳴り返した。

その金輪際が月に二度もあった。

「温《あった》けえうちに食え」

栄治はぼそりと呟いて、枕元の祭壇に風呂敷包みを置き、ためらいがちに線香を上げた。それから、白い天井を見上げてどしんと床を蹴った。

「こんちくしょう」

兄ィは磨き上げた革靴の裏で、地団駄を踏むように床を蹴り続けた。

松蔵はきつく目をつむった。初めて栄治兄ィの足音を聞いた。盗ッ人はふだんから忍び足で歩くのだ。革靴どころか下駄の歯音を立てても、兄ィは松蔵を叱りつけた。天切りの修業はそこから始まった。

「こんちくしょう、こんちくしょう」

まるでてめえの親不孝を呪うように、栄治兄ィは床に当たり続けた。

「気持ちはわからんでもねえが、も少し穏やかに送ってやれねえか」

親分にたしなめられて、栄治は言い返した。

「したっけ親分、こんな似ても似つかねえ俺を、どうしててめえの子供だと思いこめるんだえ」

栄治のやり場のない怒りを受け止めてから、親分はぽつりと言った。

「棟梁は悪かねえぞ」

「ああ、悪かねえよ。悪いのは日本一の大工にならずに、日本一の盗ッ人になったおめえだと言いてえんだろう」

「もひとつ――」

と、親分は栄治の目の先に、ほっそりとした人差指をつき出した。

「こんな立派なおとっつぁんの頭越しに、親子の盃をおろした俺が悪い」

親分の理屈は、とうとう兄ィを泣かせてしまった。仁義でも切るように腰を割って、栄治は白い床の上にぽとぽとと涙を落とした。

黄不動の栄治は涙まで黄色いのだ。いや、黄色ではない。兄ィの涙は天井の電球の光を宿して、琥珀色《こはくいろ》に輝いていた。親方の好きなデンキブランの色だと松蔵は思った。

何の色気もない根岸の棟梁の、思い出ばかりが色とりどりなのはなぜだろう。

棟木の上の真青な空。観音様の朱色のお堂。向島の花や緑。掛茶屋の緋毛氈《ひもうせん》。レヴューのネオンサイン。神谷バーのステンドグラス。どれもこれも、親方が魔法の玄翁で叩き出した風景のように思えた。

松蔵は栄治兄ィに囁《ささや》きかけた。

「金輪際ですぜ、兄ィ。格好をつけておくんなさい」

兄ィはようやく身を起こした。

「生意気《ナマ》言いやがる」

泣くだけ泣いた栄治の顔に俠気が漲《みなぎ》っていた。

長身を翻《ひるがえ》してなきがらのかたわらに立つと、栄治は思い切りよく蒲団を剝ぎ取った。

「おう。金輪際は二度とねえぞ。あれァたしかに、根岸の棟梁が一世一代の普請にちげえねえが、どっこいこの黄不動に破れねえ屋根があってたまるか。こいつァよっぽど床柱に貼り付けてこようと思ったが、花清の家宝にするにァ勿体《もってえ》ねえ。冥土のみやげだぜ、おとっつぁん。いやとは言わせねえ。取っておきない」

栄治兄ィは胸に組まれた棟梁の指をほどいて、黄不動見参と書かれた御札をしっかりと握らせた。

黒ずんだ指だけが生きているように見えた。兄ィの手とは似ても似つかないけれど、そのとたんに欠けていた黄色が塡《う》まって、名人が生涯をかけて描き続けた大東京の絢爛《けんらん》がみごとにでき上がった。

かっちけねえ、と言ったのかどうか、根岸の棟梁は薄い瞼をとざしたまま、会心の笑みをうかべていた。

第六夜

ライムライト

青山通りの若葉が小雨に煙る、のどかな春の晩である。

陽気がいいと事件も少い。当直の刑事たちは夜更けのニュースが終わっても、ぼんやりとテレビを眺めていた。

「テレビジョンが薄っぺたになったと思や、ちかごろ中味まで薄っぺらだの。芸のねえ芸人どもが昼ひなかから夜おそくまで、わいわいがやがやとてめえ勝手にしゃべってるだけじゃあねえか」

長椅子に手枕で寝転んだ老人が、江戸前の口調で難癖をつけた。酔っているふうもなく、呆《ほう》けているようにも見えない。潔い感じのする真白な坊主刈に、着古してはいるが洗いたての作務衣《さむえ》姿は、何かしら捜査に協力したあと居すわってしまった所轄内のご隠居というところか。

「あれ、誰ですか」

と、若い刑事は今さら訊《たず》ねた。着任早々で勝手がわからぬから黙っていたのだが、宵《よい》の口から居ずっぱりなのでは気になって仕方がない。しかも老人のかたわらには小机が据えられて、まるでお供え物のように茶と菓子が置かれている。刑事室《デカべや》ではご禁制の灰皿まである。

「黙ってろ」

係長に睨《にら》み返された。心外である。署内に正体不明の人間がいるというのに、説明のひとつもない。若い刑事は黙らずに言い返した。

「誰かは知りませんけど、ちょっとまずいんじゃないでしょうか」

「いいから黙ってろ。もう少しの辛抱だ」

と、今度は隣席の先輩が囁《ささや》くのである。

そのあたりで刑事は異変に気付いた。まるで何かを待つようにして、壁回りや戸口のあたりに当直の巡査や留置場の看守たちが並んでいた。しかもその人垣を押し分けるようにして、背広姿の署長が入ってきたのである。

寝転んだままちらりと署長に流し目を送って、老人は言った。

「よう、おやじ。楽なりしゃあがって、きょうは非番かえ」

何という言いぐさだろう。しかし日ごろ謹厳一徹の署長が、やに下がった笑顔をふりまいているのを見て、若い刑事はわが目を疑った。

「いやな、久しぶりにとっつぁんが来てるって聞いたから、きょうは二度目の出勤なんだ」

ふうん、と老人は面白くもおかしくもない顔をテレビに戻した。

「まったく、芸がねえなあ。笑ってるお客の気が知れねえ。下ネタに楽屋オチてえ、昔の芸人ならしちゃならねえことばっかし並べやがって。ああ、つまらねえ――消せや」

とたんに室内がどよめいた。係長が命ぜられたようにテレビを消すと、老人をめぐる人の輪がぐいと縮まった。

ようやく長椅子の上に身を起こし、茶を一口啜ると、老人は大あぐらをかいたまま若い刑事を睨《ね》めつけた。

「おう、そこの若《わけ》え衆《し》」

まさか自分のことではあるまいと振り返れば、老人の視線が真向《まつこう》にあった。

「俺ァずいぶん先《せん》からここの連中たァお友達だがよ、いちゃあまずかろうと言われたのア、てめえの口が初めてだ。ま、新顔に仁義を通さなかった俺も俺だが――なあ、おやじ。おめえさんの躾《しつけ》もよかねえぞ」

署長が直立不動になった。いったい何者なのだ、このじいさんは。

「やろう、鳩が豆鉄砲くらったみてえな面しやがって。俺が仁義を通すほど一丁前の刑事《デカ》にァ見えねえが、誰かと問われて名乗れねえようなまちげえをした覚えはねえ。いいか若え衆、俺の名前《なめえ》は村田松蔵。この所轄との付き合いは、二《にい》・二六《にいろく》の雪の朝に、御門前で職務質問されて以来《いれえ》の話になる」

天切り松。その二ツ名が閃《ひらめ》くと、若い刑事は息が止まりそうになった。

「どうやらわかってくれたようだの。まだまだ下ッ引きの分際《ぶんぜえ》で、俺の話を聞けるおめえは果報な野郎だ。さあて——ここまで贔屓《ひいき》が集まってくれたんなら、きょうはとっておきの話をせずばなるめえ。そこで、さっきふと思いついたんだが、このごろの芸人にゃ芸がねえ。あんな芸で笑わにゃならねえお客さんは、よしんばお義理にせえ哀れなもんだ。これから俺の出会った本物の芸人の話を聞かせてやる。くだらねえ芸の口なおしにァ悪くあんめえ」

天切り松がおもむろにタバコをくわえると、三つ四つも火が差し出された。いったんぐいと背筋を伸ばし、あぐらの膝に片肘をついて斜《しゃ》に構える。いかにもこれから仕事にかかる、職人のしぐさに見えた。

「昭和七《しち》年五月といやァ、ここにおいでのみなさんは、ただのひとりも生まれちゃいめえ。だからと言って嘘八百を並べやしねえぞ。本当《マブ》に受けるも受けねえも、俺がこの目で見た通りを話すだけさ。その五月の宵まぐれ、ご存じ目細《めぼそ》の安吉一家が小頭《こがしら》寅《とら》兄ィと俺と、三階《さんげえ》の大向こうで茨木《いばらき》の一幕を見たのはいいが、菊五郎も幸四郎もどうやら揃って風邪《かざ》っ引《ぴ》き、音羽屋《おとわや》の高麗屋《こうらいや》のと声を掛ける気にもなれねえてえわけで、こりゃあ早々に退散するのが贔屓の面目だ。おっと、話がこんがらがるといけねえから言っておくが、まさかご当代じゃあねえぞ。菊五郎は六代目、幸四郎は七代目で、どちらもご当代の爺様に当たろうかい。立見の木戸銭なんざもったいなくもねえが、芝居通《しばやつう》の寅兄ィの腐ること腐ること。おまけに宵の口の電車通りに出てみれァ、泣きつらに蜂の雨降りだ。待ってましたは玄関先で番傘を売る的屋《てきや》のせりふ、仕様がねえから一張《ひとはり》三円の言い値で買って、ぶつくさ文句を垂れながら、男同士の相合傘で歩き出したと思いねえ――」

一

尾張町の十文字まで歩いて、雨の銀座も悪くはないと松蔵は思った。

潤った柳の若葉が、赤や青のネオンサインを映して輝いている。あらまし完成して足場もはずした服部時計店のビルディングは、舞い降りた白鳥のようだった。

「悪かねえよ。連れが野郎でせえなかったらな。まったくよォ、何の因果で風邪っ引きの音羽屋を見せられたうえに、おめえとランデブーまでせにゃならねえんだ」

寅兄ィはいちどつむじを曲げたなら、ちょっとやそっとでは直らない。へたなことを言って張り倒されでもしたらかなわねえと、松蔵は話題を変えた。

「ところで寅兄ィ。電気のなかった時代《じでえ》の芝居《しばや》てえのは、いってえどんなふうだったんですかい」

「野郎、また俺を旧弊《きゅうへい》にしやあがるか」

「いえいえ、そんなつもりじゃなくって」

「いかに旧弊にせえ、俺が芝居に通い始めた時分にァ、もう電気はついていた。いや、待てよ、そうじゃあなかったか」

着物の尻を端折《はしょ》ったまま、しばらく雪駄《せった》をちゃらちゃらと鳴らして歩き、寅兄ィは思い出したように言った。

「そう言やあ、初めは電気じゃあなかったな」

「蠟燭《ろうそく》じゃあおっかねえ。お岩さんなんざ見られません」

「そうじゃあねえって。舞台《ぶてえ》のとっつきで石灰を燃してた。何てったっけな——れえむれえと、か」

「ああ、それを言うんならライムライトでしょうが」

「そうだ、れえむれえとだ。ありゃあよかったな。電気は黄色いが、こう、雪みてえに真白な光でよ。あれに照らし上げられた五代目の艶姿《あですがた》といったらおめえ、風邪っ引きだろうが何だろうが、思わず声が出たもんだったぜ。花道もずうっと、そのれえむれえとでよ。そこをすっ飛んでくる成田屋の弁慶なんざおめえ——」

寅兄ィは勝手にしゃべり始めた。どうやらうまい具合につむじは直ったらしい。

「ところで兄ィ。俺ァこれから常《つね》兄ィに呼ばれてるんですが、一緒に行きますかい」

「帝国ホテルかよ。野郎をからかいに行きてえのは山々だが、このなりじゃあうまかねえ。せんにもいっぺんつまみ出された。うちの敷居を跨《また》ぐんなら袴《はかま》を着けてこい、せめて羽織を着てこいだとよ。まったく、権高《けんだか》な商売《しょうべえ》もあったもんだの」

そう言いながら寅兄ィは、三越の玄関先で雨宿りをしているおかみさんに、「どうぞお使いなすって」と買ったばかりの番傘を押しつけた。

「私《あつし》ァ市電に乗りますんで、ささ、ご遠慮なく。女が濡れたんじゃあ体に毒だ――じゃあな、松公。常次郎にはよろしく伝えてくれ。悪さもてえげえにしろってよ」

尻をからげて駆け出すと、寅兄ィは上野行の市電に飛び乗ってしまった。降りたあとはどうするのだろうかと思ったが、たぶん考えてもいないのだろう。市電の行方も明日の食い扶持《ぶち》も、先のことは何ひとつ考えようとしないのが、説教寅の心意気だった。

「あのう、よろしいんでしょうか」

おかみさんが松蔵に訊ねた。てめえの目先を考えねえのは勝手だが、相方の立つ瀬も頭にないのは困りものだ。しかし、まさか寅兄ィの心意気を取り上げるわけにもいくまい。

「俺もすぐそこなんで、構わねえでおくんなさい」

そう言って駆け出したはよいものの、日比谷の帝国ホテルはあんがい遠かった。

ビルディングが高さを競う風潮の中で、このホテルをわずか三階建にとどめたのは、設計者フランク・ロイド・ライトの炯眼《けいがん》であった。

理由の第一は日比谷公園や皇居の緑と調和し、迎賓館としての威厳を保つためである。第二の理由は、もともと埋立地である軟弱な地盤に対処するために、たとえば軍艦が海上に浮かぶような「浮き基礎」という構造を採用したからであった。

その結果として出現した堂々たる美観については、今さら言を俟《ま》つまい。また、大正十二年九月一日の開業当日に、あたかも天の試練のごとく招来された関東大震災にも、十分に耐えたのである。

東京帝国大学法学部教授本多《ほんだ》常次郎博士は、その帝国ホテルライト館南翼の三八二号室、正しくは隣りの三八四号室をつないだ貴賓室に長期滞在中であった。つまり単なるお客様《GUEST》ではなく、お住まいの人《RESIDENT》である。

この特別の客を担当するボーイもメイドも、支配人が指名した数人に限られている。ことに来訪者については、支配人がみずから案内をする。数多いレジデンツの中でもとりわけそこまで手厚いもてなしをする理由は、法律学の権威たる本多博士が、内々のお召を賜り、宮中において若き聖上《おかみ》にご進講をなさっておられるからだという、もっぱらの噂《うわさ》であった。

それにしても、いつ何どき訪ねようが必ず支配人みずから案内してくれるというのが、松蔵にはふしぎでならない。

安吉親分がおっしゃるには、「天下の帝国ホテルの支配人は天下一の黒衣《くろご》」なのだそうだ。言いえて妙だが、つまり天下一の黒衣だからこそ、たとえ寅兄ィだとわかっていても、羽織袴を着けていなければ通してはもらえぬのである。

「玄関の提灯《ちょうちん》は何ですかい」

と、松蔵は廊下を歩きながら、支配人のテールコートの背に向かって訊ねた。

正面玄関の軒に、「WELCOME」と一文字ずつ書かれた七つの提灯が並んでいた。意味ぐらいはわかるのだが、これまでにそんな飾りは見たためしがなかった。

「格別のお客様がお越しになられますので」

と、支配人は小声で答えた。

「てえことは、イギリスの王様とか、アメリカの大統領ですかね」

「いえいえ。そうしたお客様でしたらまだしも気が楽なのですが」

黒衣は多くを語らない。国王より大統領より気が張る客とは、いったい誰なのだろう。

「では、ごゆるりとお過ごし下さいませ。何かございましたら館内電話で」

扉を軽く叩いたなり、支配人はまるで袖闇《そでやみ》に消え入るように去って行った。

「いかに裏稼業だからって、新聞ぐれえ読んでおけよ。世事に疎いのは寅兄ィひとりで沢山だ」

安楽椅子に座ってパイプをくゆらしながら、常兄ィは松蔵の無知を嗤《わら》った。

寝巻の上にガウンを羽織ったさまは、ホテルの客というよりいかにも住人である。髪が濡れているのは湯上がりなのだろうが、だからと言ってこれが常兄ィの素顔かどうかはわからない。百面相の書生常は、いつどこで会おうがちがう顔をしているように思える。

「たしかに王様や大統領のほうが気が楽だろうよ。もてなしの勝手はわかってるだろうしの。したっけ、今晩のお客は同じ王様でもわけがちがう」

常兄ィがテーブルの上に投げた新聞の見出しに、松蔵は目を瞠《みは》った。

〈喜劇王、遂に神戸上陸〉

第一面を占領する記事には、神戸港に押し寄せた大群衆のわけもわからぬ写真と、「喜劇王チャールズ・S・チャップリン氏」と題するポートレートが大きく掲げられていた。

「ええっ、チャップリンが来るんですかい」

松蔵が思わず腰を浮かせると、常兄ィは呆《あき》れたように首をかしげた。

「あのなあ、松。日本中でそれを知らねえのはおめえぐれえのもんだぞ。寅兄ィの腰巾《こしぎん》着《ちゃく》もてえげえにしておかねえと、そのうちおめえが旧弊だと笑われるぜ。昼過ぎには特急燕《つばめ》に乗ったらしいから、ぼちぼち東京駅にご到着じゃあねえか」

チャップリンの映画なら、封切られたものはすべて観ている。いや、どれもこれも三回通りは観ている。大ファンにはちがいないが、日本国民はみな似たものだから、それくらいでファンだというのもおこがましいが。

「こうしてる場合じゃねえや」

そのまま駆け出そうとする松蔵を、常兄ィは「待ちゃあがれ」と制止した。

「何も泡食って出て行かんでも、じきに会わせてやる」

「え、そりゃ本当《マブ》ですかい。常兄ィが化けるんじゃかなわねえよ」

「そうじゃあねえって。帝国ホテルにお着きになったら、支配人がまずここに案内して下さる段取りだ。ほれ、そこのテーブルでおそい晩飯でも食おうじゃあねえか」

「あのな、常兄ィ。冗談もてえげえにしてくれねえと、しめえにァ怒りやすぜ。俺の芸がまだまだ駆け出しだってことァわかっちゃいるが、それでも算《かぞ》え二十四の大人です。おもちゃにするのもいいかげんにしておくんない」

「まあ、落ち着けって。おもちゃもへちまもあるもんか。きょうはどうにも、チャップリンの旦那と話さずばならねえことがあるんだ。ちょいと厄介な仕事になりそうだから、おめえにも手を貸してもれえてえ」

どんなお屋敷の屋根に立ってもこうまではなるまいと思えるほど、松蔵の心臓は高鳴った。

「あまり知られてねえ話だが、チャップリンの秘書は日本人での」

「え、そいつァ初耳だ」

「何でもガキの時分にアメリカに渡って、さんざ苦労しているところをチャップリンに拾われたらしい。どうやらあのお人がいつだって貧乏人の味方だってのァ、映画の中の話ばかりじゃあなさそうだ」

常兄ィはパイプをくわえたまま立ち上がり、雨粒を宿した窓辺に倚《よ》った。

「まあ、その秘書のこたァどうだっていい。チャップリンはただいま世界漫遊の旅行中なんだが、そのしめくくりが日本てえわけで、秘書は先回りをして何やかやと手筈を斉《ととの》えている。ところが、とんでもねえ噂を耳にしたてえんだ。いや、ただの噂じゃねえぞ。先だってその秘書を俺に引き合わせたのァ、白井《しらい》の旦那だ」

松蔵は固唾《かたず》を呑んだ。安吉一家とは長いなじみの白井検事総長がかかわっているとなれば、話はただごとではない。

「このごろ一部の軍人どもが、テロだのクーデターだのを画策してるてえ噂は、おめえも知っておろう。血盟団のテロに乗じて、世の中をひっくり返そうてえ動きがあるらしい。まあこんなご時世だから、血気に逸《はや》った連中が身を捨てて世直しをしてやろうてえ気持ちはわからねえでもねえが、いくら何だってその標的がチャップリンだてえのは、お門《かど》ちげえも甚《はなは》だしいの」

お門ちがいどころか、松蔵にはまるで意味がわからなかった。チャップリンはいつだって弱い者の味方で、誰に憎まれるはずもない。

「わかんねえよ、そんなの。軍人たちだって、チャップリンの映画は観ているはずだろ。一緒に笑って泣いて、うさ晴らしをしているに決まってらあ」

「まあ、そうだろうな。ところがやつらは、笑い泣きしながら妙なことを考えたらしい。日本人の誰も彼もが、ハリウッドの映画にうつつを抜かしているのが亡国だとよ。このまんまだと日本は、父祖伝来のうるわしい文化を忘れていずれアメリカになっちまうから、この際チャップリンを天誅《てんちゅう》の的にかけて、あわよくばアメリカと一戦まじえようて企《たくら》みらしい」

「ばかくせえ」

「そう、ばかくせえの。しかし鉄砲を持った連中が考えてやがるんなら、ばかくせえではすまされめえ。かと言って軍の事情に警察が首をつっこむわけにはいかねえから、白井の旦那が俺に話を持ちこんできた」

松蔵は何とはなしに、壁にかかった日めくりのカレンダーに目を向けた。

昭和七年五月十四日。土曜日。仏滅でも三隣亡でもないが、なぜか不穏な気分になる雨の晩だった。


天切り松は一息ついてから続けた。

「学問のあるおめえさん方は、みなまで言わずともわかろうが、翌《あく》る五月十五日は日本中を震え上がらせた五《ごお》・一五《いちごお》だ。時の首相は憲政の神様と謳《うた》われた犬養毅《いぬかいつよし》。その神様のどこが気に食わなかったのかは知らねえが、ともかく総理大臣を血祭りに上げて、天皇ご親政の昭和維新とやらを断行しようてえ目論見だったらしい。この大事件の下手人は血気に逸《はや》った海軍将校と、年端もいかねえ陸軍士官学校の生徒だった。何だか妙な取り合わせだが、のちに二・二六を惹《ひ》き起こした陸軍の将校たちは、計画があんまりいいかげんなもんだから降りちまったのさ。どうしたわけか陸軍が悪玉、海軍が善玉みてえに思われちゃいるがの、五・一五を知っている人間にとっちゃどっちもどっちだ。――おう、婦警さん。お使い立てしてすまねえが、番茶じゃなくって熱いコーヒーを一杯めぐんでおくんねえ。下らねえお笑いをうつらうつらと見ていたおかげで、まだ目も覚めねえ、口も回らねえ」

天切り松は長椅子の上で膝を組みかえた。身のこなしが若者のように柔らかい。盗ッ人稼業はとうに引退しているはずだが、もしや現役ではなかろうかと若い刑事は疑った。

「おう、そこの若えの。おめえさん、チャップリンの映画は知っているかい」

いきなり名指されて、刑事は思わず大声でハイッと答えた。

「大ファンです。DVDの全集も持っています」

「は、何でえそのデブデブってえのは。まあいいや、おめえのような若え衆も贔屓だと知りゃあホッとするぜ。で、お気に入りは何だえ」

刑事は「街《まち》の灯《ひ》」です、と答えた。

「ほう、『街の灯』か、あれァたしかに名作だの。したっけ、あの映画はどうしたわけか日本じゃなかなか封切られなかった。とうにできていたのァ知っていたから、興行元にァまだかまだかと矢の催促で、仕様がねえから映画の台本を芝居に作りかえて、歌舞伎座で打ったのが昭和六年の夏。立役者は十三世守田勘弥《もりたかんや》で、そりゃあむろん連日札止めの大にぎわいだったが、観りゃあ観たでお客さんはいよいよ納得しねえ。かえって火に油を注いだみてえになって、まだかまだかの催促のうちに、ご本人のチャーリー・チヤップリンが来日だてえんだから、日本中が上を下への大騒ぎになった。ま、当たり前《めえ》の話だがの」

コーヒーが来た。天切り松は一口啜ると顔をしかめ、「苦《にげ》えぞ」と言った。

「物を頼んでおいて文句をたれるのも行儀が悪いが、銀座のカフェーが全盛のあのころにァ、コーヒーに砂糖は三つと決まっていたもんだ。贅沢は敵だてえんならまだしも、どいつもこいつも命惜しさに減塩減糖ってえ、まったく、情けねえ世の中になったもんだの」

二

「おっちゃん、人掠《さら》いじゃないよね」

角砂糖を三つ沈めたコーヒーをかきまぜながら、少女は上目づかいに寅弥を見つめた。

「そんなわけねえだろう。映画館のモギリの前《めえ》で、濡れ鼠《ねずみ》になってるガキを見て見ぬふりしてるやつらのほうが、よっぽどおかしいんだ。服が乾いたら家《ヤサ》まで送ってやるから安心しな」

「でも、人掠いは食べ物で子供を釣るんだって、おっかちゃんが言ってた」

「そうじゃあねえって」

人の目が気になって、寅弥は雨宿りの客で賑わう店の中を見渡した。

洋物はてんで受け付けぬ寅弥だが、浅草六区の喫茶店とチャップリンの映画だけはその限りではなかった。

少女はせいぜい十《とお》かそこいらで、親子にしては齢《とし》が合うまい。自分も五十の半ばを過ぎたのだから、傍目《はため》には祖父と孫に見えるのだろうと思うと、気分が腐ってしまった。

「子供がコーヒーを飲んだら毒じゃねえんかな。背丈が伸びなくなるって言うぜ」

寅弥は腰手拭を抜いて、少女の濡れた髪を拭いた。手を引いてなじみの喫茶店に入ったとたん、少女が勝手知ったるようにカウンターの止まり木によじ登ったのには驚いた。しかも迷いもせずにコーヒーを注文したのである。

「寅さん、映子ちゃんとお知り合い？」

カウンター越しにケーキを切りながら、ハリウッド女優そこのけの厚化粧を施したマダムが訊ねた。ただし、モガと呼ぶにはいささか薹《とう》がたっている。

「いや、帝国館の前で拾ったんだ。人拐いにかかるよりァましだろう。へえ、おめえ映子ってのか。どういう字を書く」

よもやとは思ったが、少女はコーヒーを啜りながら、「映画の映よ」とおしゃまな物言いで名乗った。

差し出されたチョコレート・ケーキは、どうやらマダムのサービスであるらしい。

「この子のおとっつぁんはね、帝国館の映写技師だったのよ。それが去年の春に応召しちまってさあ。おっかさんは仕方なくカフェーの女給に出ているもんで、こんな夜遅くまでひとりぽっちなの。何とかしてやりたくたって、みんな生きるのに必死だからねえ」

少女の身の上話など聞くつもりはなかった。人拐いにかかるよりはましだろうと、とっさに声をかけただけなのだ。

「毎晩七時の入れ替えのときに、おっかさんがお弁当を持ってきてね。親子三人で食べてから、決まってコーヒーを飲みにいらした。映子ちゃん、ちっちゃいときからコーヒーよ。おとっつぁんの大好物だから」

聞きたくもない話が、耳に入ってきてしまう。映子はこんな雨の晩にも、父の帰りを待ちわびていたのだろうか。何も知らぬうちから想像が際限なく膨らんで、寅弥の胸は詰まってしまった。

「ま、事情はわかるがよ、映子ちゃん。おとっつぁんは戦地から帰ったら、まずイの一番に家に戻るに決まってるんだから、ふらふら出歩いちゃあいけねえよ。それこそ人拐いにかかって、サーカスに売られちまうぜ。こんな器量よしなんだから」

すると映子は、憮然として言い返した。

「あたし、そんなんじゃないよ。おとっちゃんじゃなくって、チャップリンを待ってたんだ」

寅弥は苦笑した。映子の本心がどうかはともかく、自分はチャップリンの新作映画が今か今かと、居ても立ってもいられずに六区を歩き回っていたのである。

つい今しがたも帝国館のモギリに、「近日封切の近日てえのは、いってえいつのことなんだ」と文句をつけたばかりだった。その足元のタイル壁に、映子が膝を抱えて蹲《うずくま》っていたのである。

「てえことは何だ、もしやおめえのおとっつぁんは、チャップリンの映画を帝国館で映してらしたのかい」

うん、と映子はこともなげに肯《うなず》いた。

「ええっ。するってえと、もしやおめえさんは、あの映写室の窓から、『キッド』だの『黄金狂時代』を観たのかい。くそ、何て贅沢なガキだ」

「おとっちゃんがね、出征するときに教えてくれたの。もうじき『街の灯』っていう映画が封切になるよって。だからずうっと待ってるんだけど。ずうっと――」

ずうっと、とくり返して映子は俯《うつむ》いてしまった。寅弥は思わずそのおかっぱ頭を、胸ぶところに引き寄せた。

「あら、寅さんは目玉の松ちゃんがご贔屓じゃなかったっけ。何だかチャップリンは似合わないけどねえ」

二人の様子を見つめながら、マダムが言った。

旧弊の俺に舶来は何ひとつ似合わないが、チャップリンは特別だと寅弥は思った。山高帽にだぶだぶの服を着たあの道化者と、着たきりの尻端折りにちびた雪駄《せった》ばきの自分が、どうにも他人とは思えないのである。金持ちが嫌いで戦争が大嫌いで、困っている人を見すごすことのできぬ性根も、まるで同じだった。

きっとあの野郎も旧弊なのだろう。映画はもうトーキーの時代なのに、いまだ声のない活動写真を撮り続けている。

寅弥の胸に顔を埋めたまま、映子が夢見るように言った。

「チャップリンさんはきっと、『街の灯』のフイルムを持ってきてくれたんだ。だからじきに封切だよ」

マダムが相槌《あいづち》を打った。

「そうだよ、映子ちゃん。そのときにはおとっつぁんも帰ってきなさるさ。何たってチャップリンの映画は、おとっつぁんの十八番《おはこ》だからねえ。ほかの誰に任せるもんか」

「ちょっと待った」と、寅弥は割って入った。

「持ってきてくれたって、まさかチャップリンが日本に来たんじゃあるめえの」

声が大きかったのか、客たちが振り返って大笑いをした。

「笑いものだよ、寅さん。チャップリンの来日を知らんのは、日本国中であんたぐらいのものさね。何でもけさ神戸に着いた足でこっちに向かったっていうから、今ごろ東京駅は大騒ぎじゃないかしらん」

自分がこの気の毒な娘のためにしなければならないことを、寅弥は考え始めた。できることをしてやるのではない。どうしてもしなければならぬ、男の務めである。

「おっきい声じゃ言えないけどさあ。満洲で何が起きているのかは知らんが、映写技師まで引っ張って戦をすることはあるまいにねえ。召集されりゃあとたんに給金も止まって、残った家族は食うや食わずじゃないの」

小声で愚痴をこぼすマダムの手元に、寅弥は過分の勘定を置いて立ち上がった。

「こうしてる場合じゃあねえ」

幸い雨も上がったようである。土曜日の晩の六区には、人出が戻っていた。


チャールズ・スペンサー・チャップリンは、役どころの「酔いどれ先生」でも「アルコール君」でもなかったが、繊細で気まぐれで、ことに時間の観念には徹底して欠けていた。

二年近くもの歳月を費して製作された「街の灯」がようやく試写にこぎつけたのは、来日前年の昭和六年一月三十日であった。ほかのハリウッド映画ではありえぬ、「世界初公開」と銘打たれた試写会には大群衆が殺到し、ロス・アンゼルス市警は総動員で交通整理に当たらねばならなかった。

そうした大騒ぎに嫌気がさしたのか、チャップリンは卒然と世界一周の旅に出た。およそ一年半にもわたるこの旅行の掉尾《ちょうび》には、日本での滞在も予定されていたのだが、当のご本人が気まぐれであるから、正確な日程は誰にもわからなかった。そのうえ直前の滞在地であるシンガポールでは、熱病に罹《かか》って二週間も入院してしまった。

日本国民をさんざやきもきさせたあと、チャップリンの乗る客船「照国丸」が神戸港に入ったのは、昭和七年五月十四日の朝であった。新聞の多くが一面のトップに、「上陸」という大見出しを掲げた。神戸港のその日の熱狂ぶりは、まさしく台風なみだったのである。

同日午後九時二十分、特急「燕」が東京駅三番ホームに到着した。このとき駅周辺に殺到した群衆は四万人、入場券は八千枚で発売停止となった。警備のために動員された警察官は四百人にのぼった。

チャップリンの乗るハドソンは、群衆をかき分けながら二十分をかけて、内幸町《うちさいわいちょう》の帝国ホテルにたどり着いた。むろんこちらも大騒動である。投宿先を知っているのは、とりわけ熱烈なチャップリン信者たちだった。

ホテルはこの混乱を鎮めるために、チャップリンを二階バルコニーに案内して一場の挨拶をしてもらう予定だったのだが、興奮したファンたちが我先に館内へとなだれこみ、窓ガラスが割れるほどの騒ぎとなってしまった。

やむなく警視庁から六十人の警察官が動員され、群衆を玄関前の蓮池のまわりまで押し出した。午後十時半、チャップリンはようやくバルコニーに出て、人々の歓呼に応えた。

王様や大統領のほうがまだしも気が楽な賓客の来訪は、こうしてようやく一段落がついたのである。

「ヒー・イズ・ア・ワンハンドレッド・フェイスズ」

コーノという日本人秘書が、常兄ィを紹介した。

「百面相？――マジシャンですか」

チャップリンは大仰に驚いたふうをし、常兄ィの風体をしげしげと見渡した。

「いえ。残念ながら芸人ではありません。トリックスターとでも言っておきましょうか」

同じ詐欺師という意味でも、“swindler”というよりはいくらかやわらかく、愛嬌《あいきよう》もある。しかし、芸人ではないと前置きをしているのだから、いささか怪しい自己紹介だった。

常次郎の英会話は完璧である。細い口髭《くちひげ》をたくわえ、タキシードにボウ・タイを締めた出《い》で立ちも貴顕を感じさせるが、話す言葉はロンドン社交界でも十分に通用する、上品な英語だった。

「私の目にくるいがなければ、冗談のお好きな貴族かと」

どうやらチャップリンは、事情を何ひとつ知らぬらしい。道楽者の貴族に弄《もてあそ》ばれているとでも思ったのか、握手をかわしながら口元から笑みを消した。

「ミスター・チャップリン。私はあなたの意にそぐわぬことはいたしません。トリックスターが登場する理由は、食事をしながらセクレタリー・コーノからお聞き下さい。紹介が遅れましたが、彼は私のセクレタリーで、マッゾウと申します。あなたの熱心なファンでもあります」

松蔵はじっとりと汗ばんだ掌《てのひら》を背広の裾で拭って、握手を求めた。気が遠くなりそうだ。

「ナイスチュー、ミーチュー、ミスター、チャップリン」

しどろもどろで即製の挨拶を口にすると、チャップリンの大きくて温かな掌が、しっかりと松蔵の掌を握りしめてくれた。もう、どうにかなっちまいそうだ。

映画の中ではとても小さく見えるのに、あんがい身丈のある人だった。きっとアメリカ人がみな大きくて、日本人がみな小さいせいなのだろう。あの放浪紳士の格好とは似ても似つかぬ、温厚で上品な人だった。

「ひとつお願いがあります」

と、チャップリンは英語で言い、常兄ィが松蔵のために通訳してくれた。

「ミスター・チャップリンとは呼ばないで下さい。あなたがたが私の友人なら、チャーリーと呼んでほしい。私の希《のぞ》みは、世界中の人々が兄弟姉妹のように、たがいをそう呼び合うこととなのです――参ったな、松公。どうやらこのお方は、俺っちの手に負えねえ立派な人間らしい。とんだ仕事を引き受けちまったみてえだ」

チャップリンは指先を常兄ィに向けて、「ツネ」と言い、松蔵に微笑《ほほえ》みかけながら、「マッツ」と呼んでくれた。

二人に椅子を勧め、みずからも腰を下ろしてから、チャップリンは言った。

「先日、生まれ故郷のロンドンを訪れたとき、バーナード・ショーがこんなことを言いましたよ――すべての芸術はプロパガンダであるべきだ、とね。私の作品から彼なりに感じたところかもしれませんが、ちょっと心外でした。芸術が宣伝？――ノー、ノー、本来は庶民の娯楽であるべき芸術に、主義や主張があってたまるものですか。そこで私は、たまらずに反論しましたよ。芸術に目的などあるべきではないが、もしあるとすれば――人間の感情を正しく表現し、色や形や音を、より美しく、より深く描写することにあります。仮に主義主張を宣伝しようとしたり、道徳を強制しようとしたりすれば、芸術は庶民の心を離れたつまらないものに堕落してしまうでしょう。それこそが近代の知性がもたらした、芸術に対する誤解、美に対する冒瀆《ぼうとく》であると、あなたは思いませんか――とね」

常兄ィはひとつ肯いたきり、しばらく目を伏せてしまった。

「おっしゃることはごもっともです」

いつしか外の喧噪《けんそう》は静まっていた。雨も上がり、群衆もようやく家路についたのだろう。

支配人が夕食の仕度が斉《ととの》った旨を告げた。立ち上がったとき、常兄ィは誰にも聞こえぬ声で、松蔵ひとりに語りかけた。口も開かず唇も動かさず、夜盗の一味にだけ届く闇がたりの声音《こわね》である。

「やい、松公。俺ァこれから、一世一代《いちでえ》のヤマを踏むと決めた。このお方がバーナード・ショーの旦那におっしゃったこたァ、あんまり有難くって涙が出る。そこで畏れ多くもチャーリー・チャップリンになりすまして、ピストルの前に身を晒《さら》すがよ、万一のときにァあとの始末は頼んだぜ。さあて、天下のトリックスター、百面相の書生常の芸がどこまで通用するものやら、段取りは腹ごしらえをしながら考えるとしよう」

松蔵は思わず闇がたりで引き止めた。

「兄貴、ちょいと待っておくんない。この話はどうにもヤバすぎらあ」

すると常次郎は、たしかに伯爵閣下と見える顔を肩ごしに振り向けた。目ばかりが鷲《わし》か鷹《たか》のように炯々《けいけい》と光っていた。

「待てと言われた盗ッ人の、待ったためしがあるものか。飯にしようぜ」

天切り松は冷めたコーヒーを啜りながら続ける。

「さて、一夜明ければ五月の十五日。すでに時の首相犬養毅閣下から、チャップリンにディナーの招待状も届いている。首相官邸で内々の晩餐会、的の二人がお揃いでテーブルを囲むなんざ、もし悪い噂が本当なら、テロリストどもの目の前に、雁首《がんくび》ふたつ並べるようなヤバい話じゃあねえか。ならば護衛をつけりゃよさそうなもんだが、噂は噂にすぎねえから大ごとにァできめえ。ましてや相手は命を的の軍人だ。たかだかのお巡りなんざ、数のうちにも入《へえ》れめえ。そこで常兄ィのお務めだが、かくかくしかじかこういう具合だから、チャーリーは帝国ホテルにじっとしているか、せいぜいお忍びで歌舞伎座の大向こうから、六代目の風邪っ引きでも見ていておくんない。俺があんたになりすまして、犬養さんと飯を食う。そりゃあヤバさはヤバいが、どだいトリックスターのひとりやふたりくたばったところで、世のためにこそなれ損にァなりはすめえ。ナニ、信じられねえとおっしゃるか。ならばデザートのメロンとアイスクリームでも召し上がっている間に、その信じられねえものをお見せいたしやしょう。それじゃ、ほんの十五分ばかり、ごめんなすって——」

雨の夜更けの刑事室《デカべや》は、まるで水底《みなぞこ》に沈められた匣《はこ》のように静まり返っていた。電話が鳴った。担当の刑事が小声で応対している間、天切り松は黙りこくってタバコをくゆらせていた。

「いくら変装の名人だって、ちょっと信じられんなあ」

間を繕うように署長が言った。

「そりゃあおやじさん、信じろというほうがどだい無理な話さ。したっけ、俺がこの目で見たんだから仕方あるめえ」

「たった十五分で、チャップリンに化けたわけですか」

「さあ、十五分だったかどうかは知らねえよ。ともかくデザートのアイスクリームが溶けねえぐれえの時間だった。チャップリンが信じてくれなけりァ話が始まらねえから、書生常の芸を見せてやるのが手っ取り早いてえわけさ」

「で、化けた」

「ああ。みごとなもんだった」

電話は手短かに終わった。注視する人々のまなざしを満足げに眺め渡してから、天切り松は話を続けた。

「常兄ィが部屋に戻ってきたとたん、秘書はアッと叫んで腰を浮かせやがった。俺ァいってえ何が起こったのかもよくわからねえまま、テーブルを挟んだ本物と扉の前《めえ》に立つ偽物とを、かわりばんこに見較べたっけ。しかし、チャップリンはさすがメーキャップの玄人《くろうと》、てめえにうりふたつの紳士をさして驚くふうもなく、こう、ジイッと見つめてよ、ちょいと背広が上等すぎるがワンダフルと吐《ぬ》かしァがった。すると常兄ィは、顔ばかりか身ぶり手ぶりもそのまんま、声色までそっくり真似て、だったらチャーリー、背広をとっかえておくんない、それで犬養さんも気が付くめえし、ましてや命を的のテロリストの目なんざガラス玉さ。さあて、これで舞台《ぶてえ》の仕度は準備万端、何事もねえに越したこたァねえが、万々が一にも喜劇王が殺《や》られることはなし、戦争だって起こりァすめえ。日米親善、世界平和の人柱になるてえんなら、ここが命を投げるころあいだ」

そこで天切り松は、今さら失敗に気付いたかのように、節の張った手を白い坊主頭に載せた。

「ところがよお。いざ出番を待つばかりの楽屋に、とんだ茶々が入《へえ》りやがった。まったく、間《ま》が悪いにもほどがあらあ――」

三

「ワンダフル！」

常兄ィの変装にも動揺を見せなかったチャップリンが、両手を拡げて立ち上がった。戸口に佇《たたず》んで二人のチャップリンに目を瞠っているのは、鮮かな藤色のお召《めし》に長羽織を着た、おこん姐御《あねご》である。

「どうなってるんだい。常はどっちだ」

常兄ィはちらりとおこんを見たなり、チャップリンのしぐさそっくりに肩をすくめた。

「やれやれ、ようやく肚《はら》をくくったところに、わけのわからねえやつが来やがった。おい松公、姐《あね》さんをつまみ出しな」

つまみ出すも何も、本物のチャップリンはビューティフルだのワンダフルだのと連呼しながら、早くもおこんを抱きしめているのである。どうやら彼が稀代《きたい》の艶福家《えんぷくか》であるという噂は本当らしい。

「こっちが常次郎なら張り倒すところだけど、あら、どうしましょう――初めまして、チャップリンさん。マイ・ネーム・イズ・コン」

「con!」

チャップリンはハッとしたように、おこんの顔を見つめた。うんざりとしたまま、常兄ィが解説を加えた。

「姐さん、コンてえ名前《なめえ》は洒落《しゃれ》にならねえんだよ。そりゃあ人を欺《だま》くらかすだの、ペテンにかけるてえ意味なんだ。名乗るんならおこんにしなっせえ」

「へえ、そうなのかね。それじゃ改めて。マイ・ネーム・イズ・オコン」

チャップリンはふたたび相好《そうごう》を崩して、「オコンサン」と呼びかけた。

そろそろ四十にもなる大年増だというのに、おこん姐御の容貌は衰えるどころか、いっそう凄味を増してきた。チャップリンが思わず駆け寄って抱きしめたのも、あながち西洋流のサービスではあるまい。

「おっと、愛《いと》しのチャーリーに抱きしめられるのも悪かないが、私《わっち》はちょいと常次郎に用事があるんだ。ごめんなさんし」

おこんはチャップリンの腕を空気のようにすり抜けて、居間のソファに腰を下ろした。常次郎を手招きする。

「あのなあ、姐さん。いくら何だって間が悪いぜ」

「間が悪いのは私《わっち》じゃなくって、チャップリンのほうだろ。まさかあんたの部屋にチャップリンがいるなんて思うまい」

「これからでけえヤマを踏むてえところに、姐さんが飛びこんできたんじゃあ埒《らち》もねえや。おまけにコンだときやがった。何の用件かしらねえが、話は後回しにしてくれ」

突然目の前に現れた美女がいったい何者なのかと、チャップリンは立ちすくんでいる。

「のう、姐さん。チャップリンはあんがい気難し屋なんだ。ここでおめえさんを紹介したら、話がややこしくなる。な、出てってくれろ」

おこんは鼻で嗤って、細い巻莨をくわえた。松蔵はマッチの火を向けた。

「そんなら話がややこしくならねえよう、私《わっち》が言って聞かせてやる」

伝法《でんぽう》なしぐさで煙を吐き出しながら、おこんは羽織の袂《たもと》をさぐった。まるで手品のように、財布やら懐中時計やら旅券やら、チャップリンの持物の一切合財がテーブルの上に並べられた。

「私《わっち》ァこういうものでござんす。おわかりになりましたらほんのちょいとの間《ま》、そっちのお部屋で大人しくしてらしておくんなさんし」

チャップリンは背広やズボンのポケットをばたばたと探り、それから真顔でおこんを見つめて、またビューティフルだのワンダフルだのと言った。

「実は今しがた、寅兄ィが私《わっち》の家《ヤサ》に駆けこんで来なすった――」

と、おこんはチャップリンの背中を見送りながら勝手に話し始めた。

「そんな大事な話なら、じかに常次郎に頼みなって言ったら、盲縞の着流しじゃあ帝国ホテルは入れてくれねえ、だからおめえが一ッ走りして、かくかくしかじか説教寅のたってのお願い、どうか常次郎に伝えてくれろ、だとさ。まあそれにしたって、よもやあんたの部屋にチャップリンがいなさるたァ思いもよらなかった」

おこんは寅弥から託された頼みごとを語った。ものの一分で語りおえるくらいの、造作もない話である。

父親を兵隊に取られた不幸な娘の前に、チャップリンのなりをして現れてくれればいい。たしかにこれほど簡単な話はないのだが――。

「なるほど、寅兄ィらしい浪花節《なにわぶし》だの。ほかでもねえ頭《かしら》のたっての願いだてえんなら無下《むげ》にゃできねえが、実はいささか間が悪すぎるんだ。俺ァ明日、チャーリーの身代わりに立たずばならねえ。それじゃあさってと言われたって困るぜ。明日のヤマにァ命がかかる。できねえ約束ならしねえほうがいい」

常兄ィは天下の詐欺師《ペテン》だが、一分一秒の時間もたがえはせず、一銭一厘の金もまちがいのない律義者だ。世間をたばかる大嘘はつくかわりに、けっして仲間を裏切りはしない。そんな常兄ィの「できねえ約束ならしねえほうがいい」という言葉は、松蔵の胸に応えた。

たぶん兄ィは、明日の晩に起こるかも知れぬ凶事を、万が一とは思っていないのだろう。命のかかるたしかな情報を握っているのだ。

常兄ィのただならぬ決心を感じたのか、おこんもその先の無理強いをしようとはしなかった。

「のう、姐さん。誤解してもらっちゃ困るが、俺ァ何も寅兄ィの浪花節を笑うわけじゃねえし、その娘さんの悲しみが俺の命より軽いと言っているわけじゃねえんだ。世の中の理不尽にァいつだって体は張ってやる」

「あんたはいい男だ。そんなら、あさって」

「くどいぜ。そいつァ、運が良けりゃの話だ。俺ァ、但《ただ》しの付いた約束なんざ、金輪際したためしがねえ。寅兄ィにはそう伝えておくんない」

食後の酒を酌みかわしていたチャップリンとコーノが席を立った。

「それじゃ、私《わっち》もおいとま」

常次郎と松蔵が腰を割って姐御を送り出すと、チャップリンはそのしぐさが気に入ったらしく、廊下に出てからさすが垢抜《あかぬ》けたパントマイムで、「ゴメンナスッテ」とお道《ど》化《け》て見せた。

常兄ィと握手をかわしながら、コーノが言った。

「いったい何とお礼を申し上げてよいやら。私はこういう立派な日本人に背を向けて渡米したことを、きょうほど恥ずかしく思ったためしはありません」

扉が閉められた。客の姿がなくなると、帝国ホテル南翼の貴賓室には、常兄ィの化物のような俠気《おとこぎ》が充満したように思えた。

安吉一家の身内は、みなそれぞれに目細の安の心意気を受け継いでいる。ことの大小はてんから頭になく、よしあしばかりを考える。だから人の命と名もなき少女の悲しみは、秤《はかり》にかからない。救いがたい人々のこぼす一滴の涙は、いつだって地球と同じ重さなのだ。こうと決めたら銭勘定も星勘定もせず、たったひとりでも世界中を相手にする意地が、安吉親分の俠気だった。

だが、そうとはわかっていても、松蔵には了簡《りようけん》できぬことがあった。

常兄ィが化粧を解いている間に、ずっと考えあぐねていたことを、松蔵は口にした。

「おしろいは、ひでえやつだ」

おしろいとは、白井検事総長の通り名である。親分とは懇意にしているのだが、むろん誰も気を許しているわけではなかった。

「手に負えねえ軍人どもに百面相をぶっつけて、めでたしめでたしかよ」

松蔵はおしろいの描いた絵図を、そう読んだのだった。

「そうかもじらねえ。おしろいらしい台本だの」

「だったらどうして、それを百も承知で舞台《ぶてえ》を踏むんだよ」

「おしろいの野郎、たかが詐欺師《ペテン》となめくさりゃあがって。音羽屋の六代目は風邪っ引きでも舞台に上がると謎かけやがった」

「やめてくれ、兄貴。まるで知れ切った往生じゃねえか」

すると常次郎は、たぶん素顔にちがいないつるりとした白面をもたげて、たぶん地声にちがいない低い声音で言った。

「売られた喧嘩は買ってやる」

四

天切り松の独り語りは、話が進むほど滑らかに、高調子になってゆく。

ときおり水を差すのは夜更けの電話だが、場所が場所だけにまさか知らんぷりもできまい。

「おうおう、また電話かい。このごろはみなさん、すっかりお上をこき使うことを覚えやがって、夫婦喧嘩も一一〇番、虫歯が痛《いて》えから一一九番か。てめえの始末をてめえでつけられねえ、さもしい世の中になったもんだの。まあいいや、ころあいのコマーシャルだと思って、一服つけさしていただきやしょう」

ソファの並びに腰をおろした署長が、ライターの火をさし向けた。

「チャップリンが五・一五の標的とは知りませんでした」

天切り松は藍染の膝を抱えて、くわえタバコの煙をうまそうに吐き出した。

「はなっから的と決めていたわけじゃあるめえ。五月十五日の決行日が、たまたま首相官邸での晩餐会と重なったんだろうぜ。そもそもチャップリンの大人気を快く思っていなかったテロリストどもは、これぞ天佑《てんゆう》と色めき立ったにちげえねえがの」

「偶然、なのですか」

「まあな。したっけ、当たり前《めえ》と当たり前がぶつかって信じられねえ話になるてえのも、あんがいよくあるこった。そういうものが偶然と言えるのかどうか、俺にもわからねえ。たとえばこの偶然にしたって、チャップリンは王様や大統領みてえなお客さんなんだから、東京にお着きになったらすぐに晩飯をふるまうのは当たり前、五月十四日の夜おそくに着いたんなら十五日にお招きするのが、犬養首相のお務めだろう。そりゃあまあ、ちっとも偶然じゃあねえな」

警察官たちは一斉に肯いた。都心が所轄なのだから、そのあたりの儀礼は誰もが知っている。

「それがチャーリーと犬養さんの都合だ。それじゃもう片方の都合は何かてえと、首謀者の連中はその前の血盟団事件にもかかわりがあったとやらで、じきに逮捕状が出ると言われていたらしい。まあそれだけの話なら、べつに五月十五日でなくたってよさそうなもんだが、そうでなけりゃならねえ事情もあったのさ。いいか、ここがどうしても動かせねえやつらの都合だ。五月十五日は日曜日で、軍人も休み、ことに陸軍士官学校の生徒は、この日でなけりゃ外出ができねえ。その日曜に晩餐会ならば、おあつらえ向きだろう。ま、当たり前と当たり前がぶつかって、偶然だと言われるのァ、よくある話さ」

電話が終わった。いそいそと戻ってきた警察官に微笑を向けて、天切り松は話を続けた。

「さて、翌る十五日は五月《さつき》晴れの日曜日、天気予報じゃあ前日の雨が残ると言ってやがったが、アテにならねえ空模様は今も昔も同じこった。朝っぱらから打ち合わせにやってきた首相秘書官が、通されたのは帝国ホテルライト館北翼の一九〇号貴賓室。出迎えたのァ百面相の書生常が扮《ふん》する偽物のチャップリンだ。見ていた俺ァハラハラドキドキ、しかし秘書官どころか案内してきた支配人まで、これっぽっちも気付きやしねえ。そんじゃあ本物はどこで何をしてやがったかてえと、真上の三階貴賓室で、まだぐっすりとお休みだった。秘書官が帰《けえ》ったとたん、兄ィと俺は大谷石の階段をそれっとばかりに駆け上がり、こっちはこっちの打ち合わせだ。いいか、チャーリー、おめえさんも初めてのニッポンで、芝居《しばや》も見てえ相撲も見てえこったろうが、きょう一日は辛抱しなっせえ。くどいようだがこの部屋を、一歩も出ちゃあなりやせんぜ。秘書のコーノさんもようござんすね、旦那が退屈して駄々を捏《こ》ねなさるんなら、ベッドにふん縛《じば》っておくんなせえ。気まぐれわがままは先刻承知だが、きょうばかりは命のかかった日曜だ。ようござんすね――」

日比谷公園の木叢《こむら》に夕陽が沈みかかる時刻である。

玄関の車寄せには、首相官邸から遣わされた乗用車が待っていた。

チャップリンの滞在する一九〇号貴賓室まで迎えにきた支配人は、松蔵がドアを開けたなりギョッと立ちすくんだ。

「わけがわからねえだろうが、知らんぷりをしていておくんなさいよ」

と、松蔵は耳打ちをした。その一言で支配人は、チャップリンの正体を見極めたようだった。

「かしこまりました。官邸からのお迎えが到着しております。どうぞ」

黒衣《くろご》は余分な口をきかない。二人が廊下に出ると、テールコートの懐から何やら取り出して、松蔵の手に握らせた。

「先ほど、このようなチラシが撒《ま》かれておりました。くれぐれもお気をつけて」

ガリ版刷りの藁半紙《わらばんし》に、檄文《げきぶん》が書かれていた。

〈日本國民よ！

刻下の祖國日本を直視せよ

政治、外交、經濟、教育、思想、軍事

何處《いずこ》に皇國日本の姿ありや〉

ずいぶん物騒な語調である。こんなものが宮城の周辺に撒き散らされているのは、ただごとではない。

〈民衆よ！

この建設を念願しつゝ先《ま》づ破壊だ！

凡《すべ》ての現存する醜悪な制度をぶち壊せ！

偉大なる建設の前には徹底的な破壊を要す

吾等は日本の現状を哭して、赤手世《せきしゅ》に魁《さきが》けて諸君と共に昭和維新の炬火《きょか》を點《てん》ぜんとするもの――〉

難しい言葉の意味はよくわからない。しかし、これは世の中を正しく変えようとしている人の主張ではなく、ヒステリーだと松蔵は感じた。

見ようによっては奇怪なライト館の石組が、今し悪魔の力で崩れかかってくるような気がして、松蔵は思わず「常兄ィ」と声をかけた。

常次郎は振り返らない。日本語をまるで解さないというふうに、小股でちょこちょこと遠ざかってゆく後ろ姿は、いったいいつの間にそうまで観察したのか、本物のチャップリンそのままだった。

従業員の挨拶や宿泊客の歓呼の声に笑顔で応えながら、常兄ィは緋色の絨毯《じゅうたん》を敷き詰めた廊下を歩み、中庭から春風の吹き抜けるメインロビーを過ぎて、玄関の車寄せに立った。

蓮池は昏《く》れなずむ空を映しており、ところどころに白や薄紅色の蕾《つぼみ》が膨らんでいた。常兄ィは石段の上から夕景色を眺め、官邸の晩餐会に招かれるにしてはいささかくたびれた背広の腕を組んで、頭上に吊り下げられた歓迎の提灯を見上げた。しぐさの逐一までが、チャールズ・チャップリンそのものだった。

「……ワンダフル」

支配人が声にならぬ声で呟《つぶや》いた。それが耳に入ったのかどうか、常兄ィは手にしていたソフト帽を阿弥陀《あみだ》に冠《かぶ》ると、答えるように「ウェルカム」と言った。

いったい何がウェルカムなのだろう。百面相の書生常は、やっぱり怪物だ。


両国国技館は満員御礼の盛況である。

「ええ、次なる取組は筑波嶺《つくばね》に大八洲《おおやしま》ですかい。これァなかなかの顔合わせだ。そしたら私《あつし》ァ、筑波嶺に十円。どうです、親分」

寅弥が水を向けても、安吉親分はめったに乗ってはこない。たまに「よし、受けたぜ」と言えば、勝負はあらましその通りに運んでしまって、口張りとはいえ寅弥の負けはすでに百円を超した。

この枡席《ますせき》に陣取るお大尽の懐だって、せいぜい十円かそこいらだろうと思えば、百円の負けはただごとではない。

「まったく、おめえの博奕《ばくち》は下手の横好きだの。ここいらでやめとけ。このまんま打ち止めまで張った日にァ、せずともいい仕事をせずばならねえぞ」

安吉親分は猪口《ちょこ》をくいと空けたなり、薄い唇の端をひしゃげて笑った。

このところ寅弥は不安で仕様がない。寝つきが悪くなったうえに眠りが浅くて、夜中に幾度も厠《かわや》に立つようになった。それは齢のせいだと親分は言うのだが、安息のさまたげは二百三高地の悪夢だった。

電気を消して蒲団に入れば、とたんにあの阿鼻叫喚《あびきょうかん》の地獄の有様が甦《よみがえ》る。眠れば眠ったで、弾雨の中をひたすら山頂めざして突撃する夢が待ち受けていた。一晩に三度厠に立つのは、一晩に三度死んでいるのだ。

あの戦から三十年も経ってはいないのだから、生き残りはいくらもいると思う。そうした連中がみな知らんぷりをして、戦の悲惨さを少しも知らぬ若者たちを、満洲事変だ上海事変だと駆り出していることが、寅弥はふしぎでならなかった。

つい一月《ひとつき》前には、実の息子同然に育てた勲《いさお》を出征させてしまった。そのふしぎな連中のひとりに、自分もなってしまったのだという思いが、忘れかけていた二百三高地のまぼろしとなって寅弥を苦しめ始めたのだった。

何もできぬてめえが情けなくてならない。こうして国技館の枡席で酒をくらっている間にも、勲はあの日の自分と同じ怖い目に遭っているかもしれぬというのに。

「おこんに聞いたんだが――」

と、安吉親分は他人の耳に届かぬ闇がたりの声で言った。

「いかに兄弟分《きょうでえ》たァ言え、あんまり無理は言うもんじゃあねえぞ。常の野郎にとっちゃ難しい話でもあるめえが、あいつは今、ちょいと厄介なヤマを踏んでいる」

「ああ、そうだったんですかい。そいつァ無理を言っちまった」

「止めて止まらぬ気性だてえことは承知してるから、俺ァ何も言わねえがの。白井の旦那から売られた喧嘩なら、野郎も買わずばなるめえ」

「おしろいから、ですかい。それァ聞き捨てならねえ」

「まあ、話せば長くなるがの――」

と、安吉親分が語り始めようとしたとたん、ふいに国技館を揺るがすような喝采が起こった。

土俵の上では筑波嶺と大八洲が蹲踞《そんきょ》している。見たところ何があったわけでもない。

しかし行司は、軍配を控えたまま、じっと頭《こうべ》を垂れていた。

その行司のお辞儀をする方向に、観客の顔が靡《なび》いている。二階桟敷の特等席に小柄な外国人が立って、帽子を振りながら歓呼の声に応えていた。

「チャップリンだ！」

寅弥は破《わ》れ鐘のような声を上げた。

お客は総立ちになった。チャップリン、大統領、待ってました、と無数の掛け声があちこちに響いた。成田屋も音羽屋も形なしだ。

「いやはや、てえした人気だの。これが本物の千両役者てえやつだ。国技館が揺れてるぜ」

そう言いながら、日ごろ表情に色を見せぬ安吉親分ですら、笑顔で拍手を送っていた。

「親分。目細の目が丸くなるのを、初めて見ましたよ」

「ああ、俺も説教寅のご機嫌な面を久しぶりで見たぜ」

「ところで親分。よもやたァ思いやすが、あのチャップリンは本物でしょうね」

安吉親分ははたと拍手をやめて、縁なし眼鏡の鼻先を細い指でおし上げた。

「よくはわからねえが、まさかペテンじゃああるめえ。常の野郎は今ごろ、それどころじゃねえはずだ」

チャップリンは満場に投げキッスを返してから、特等席に腰をおろした。

五

「拳銃の安全装置ははずしておけ。犬養とチャップリンを見つけたら、問答無用だ。いいな」

二人の士官候補生の坊主頭を抱き寄せるようにして、三上《みかみ》中尉が囁いた。

官邸は近いのだろうか。すっかり車に酔ってしまった花輪悟一《はなわごいち》は、吐気をこらえながら座席に沈みこんだ。後ろにはもう一台の円タクが、ぴったりとついてくる。この二台の車で表門から五人、同時に裏門から四人、いずれも海軍将校と陸軍士官学校生徒という、奇妙な取り合わせだった。

「おい花輪、ちょっと窓を開けてくれんか」

まんなかに座った後藤《ごとう》が、苦しげな声で言った。士官候補生たちを束ねている後藤も、胃袋がひっくり返ってしまったらしい。

「よろしいでしょうか」

悟一が訊ねると、中尉は余分な口をきくなというふうに、ひとつ肯いた。

青葉の匂いのする夕暮の風に当たると、少し気分が楽になった。

これでよかったのだろうかと、悟一は自問した。初めは後藤に誘われ、ほんの好奇心から国家革新の会合に参加した。海軍ばかりではなく、陸軍の若い将校たちも同席している会合が、不当なものであるとは思えなかった。彼らの熱弁に耳を傾け、ときに求められて発言などしていると、自分が一足飛びに陸軍少尉に任官したような気になった。会場の日曜下宿でふるまわれる、サイダーと菓子もうまかった。

大勢の兄たちに囲まれたあの勉強会が、首相官邸にまで続いているとは、どうしても思えないのである。きっとこれは肝だめしのようなもので、官邸の近くには陸軍将校たちが笑顔で待っているのだろう。「どうだ、少しは愛国心を涵養《かんよう》できたか」などと言いながら、拳銃を取り上げるにちがいない。

隣りの後藤候補生は、しきりに時計を気にしている。十七時二十分。外出時限は朝食後から、十八時の夕食前までと定められていた。つまり、もうぎりぎりの時刻なのだ。

帰隊点呼のときに、同期が十名、ひとつ後輩の四十五期が一名、つごう十一名が未帰校となれば大騒ぎである。たとえ一人の帰校遅延者が出ても、しばらくは語りぐさになるくらい、士官学校の規律は厳格だった。

七月に卒業を控えた四十四期生徒が、恒例の満鮮戦跡旅行から帰ったのは昨日である。よって本日は、やむをえぬ事情がある者を除いて、外出は制限されていた。その数少い外出者の中に、各個の「やむをえぬ事情」をでっち上げた生徒が十人もいたのである。もしこれが先輩たちの座興であったにせよ、大事件になると悟一は思った。

「あ」と、頓狂な声を上げて、後藤が背中を伸ばした。

日比谷公園の門前に、大きな看板が掲げられていた。

喜劇王チャップリン來日記念上映會
五月十五日午後六時開演
於　日比谷野外音樂堂
主催　時事新報社
演目「珍カルメン」「擔《にな》へ銃《つつ》」「キッド」

大勢の人々が信号を渡って、公園の門に吸いこまれてゆく。

思わず声を上げた後藤は、チャップリンの映画を観たことがあるのだろうか。

外出時の規定によれば、映画館は「将校生徒ノ品位ヲ傷付クルガ如キ場所」として、立ち入りを禁じられていた。チャップリンの映画がいつも掛かっているという浅草六区は、もとより外出区域外である。

それでも生徒の中には、チャップリンのふりを真似てみんなを笑わせたり、映画の粗筋を語り聞かせる者があった。正月休みや四週間の夏季休暇中に帰省して、ちゃっかり観てくるのである。それは郷里の幼なじみとランデブーをしたのと同じくらいの、赫々《かっかく》たる戦果だった。

あいにく東京生まれの悟一は、その戦果を上げる機会がなかった。新宿にも浅草にも巡察の教官がいて、目を光らせているという噂だった。

信号が青に変わって円タクが走り出しても、悟一はしばらくの間、日比谷公園の看板を車窓に見送った。

正直のところ悟一には、将校たちが言う「まず破壊だ」という言葉の意味が、いまだによくわからなかった。少くとも震災後にすばらしい勢いで復興した帝都が、破壊しなければならぬほど腐っているとは思えない。

腐敗の元凶として標的にされている人々は、また一方で立派な復興をなしえた偉人なのではないかという疑問を、悟一は口に出せぬまま拭い去ることができなかった。

ましてやチャップリンの名前が挙がったときには、耳を疑った。貧乏人や弱い者の味方であることが、どうして日本精神の敵にされるのだろう。三上中尉がしばしば口にする「社稷《しゃしょく》を思う心」の体現者は、チャップリンなのではないだろうか。

昏れなずむ東京の風景が、夢のように流れ去ってゆく。軍人たちはチャップリンの映画を自由に観ることができないから、逆恨みをしているだけなのではないだろうかと悟一は思った。

チャップリンを崇拝している姉が、涙ながらに語った逸話を、悟一は思い出した。

チャーリーの両親は、ロンドンの貧しい芸人だった。物心つかぬうちに父母が離婚し、のちに父親はアルコール中毒で死んだ。病弱な母にかわって、チャーリーが初舞台を踏んだのは五歳のときだった。

貧民院で暮らしていたころ、同じような境遇の子供らから分かち与えられた菓子のありがたさを、チャーリーは一生忘れないそうだ。だから自分の人気を訊ねられて、こんなことを言った。

(貧しい人々からめぐんでもらったお菓子の味が忘れられないだけです。だから今も、これからもずっと、おいしい映画でお返しをする。おかしいでしょう。素人なんですよ、僕は)

チャップリン信者の姉は、いくらか虚飾を加えていたかもしれない。だが、チャップリンのすばらしさについて語るとき、姉は決まって涙を流した。

もし姉の言葉に嘘がないとしたら、自分は公平に笑いを享受できないという理不尽な理由から、とんでもない罪を犯すのではあるまいか。

五月十五日の晩に、チャップリンが首相官邸に招かれるという新聞記事を見たとたん、将校たちは口々に「天佑だ」と叫んだらしい。

それはちがうと悟一は思う。昭和維新がまず破壊から始まるにせよ、壊してよいものとよくないものとの分別はなければならない。

「飲み直すにァまだ宵の口だの。浅草まで伸《の》すか」

国技館を出ると、安吉親分は昏れなずむ空を見上げながら、思いついたように言った。

「あいにく『街の灯』は、まだ掛かっちゃおりやせん」

親分が実はチャップリンの贔屓であることを、寅弥は知っていた。江戸ッ子の見栄坊は誰しも同じだが、洋物のお笑いが好きだなんぞとは口が裂けても言えぬ。

いちど六区の帝国館で、親分と鉢合わせをした。隣りの席の客があんまり間の悪い笑い方をするものだから、「やかましい」と叱りつけたら親分だったのだ。まさか面をつき合わせて知らんぷりもできぬし、たっぷり一緒に泣き笑いをしてから、前川《まえかわ》の鰻を食って お茶を濁した。

「何もおめえと活動を観ようたァ思わねえよ。てて親を兵隊に取られた娘さんに、梅園《うめぞの》のあんみつでも食わしてやろうじゃねえか。親がわりになるにァ、おめえじゃ老けすぎだろうが」

「てえした違えはありますめえ」

ありがたい、と寅弥は思った。自分とちがって、安吉親分は子供あしらいが上手だったた。見た目からして山の手のお大尽だし、所作も言葉づかいも役者のようにきれいだから、子供がよくなつくのだ。

「家《ヤサ》は知ってるんか」

「いえ。この時間なら決まって帝国館の前にいまさあ」

「そうかい。不憫《ふびん》な話だが、何もしちゃやれねえの」

「しょせん俺っちァ、役立たずの芸人です。他人を笑わせることも泣かせることもできやしません」

安吉親分は少し俯いて、上等な結城《ゆうき》の懐に薄荷《はつか》の匂いのする溜息を吐いた。

「三社祭の御輿《みこし》の前で」

と、親分は子供の戯《ざ》れ歌を唄った。

「うちの旦那に中抜きかけた」

寅弥はあとを続けた。

「目細の安、見いっけたァ——このごろとんと聞かれなくなっちまいやしたねえ」

明治の昔には、そこいらじゅうの子供らがその歌を口ずさみながら、手鞠《てまり》をついていたものだった。目細の安吉はチャップリンと同じくらいの人気者だった。

打ち止め後の市電の停留所には、人が溢《あふ》れていた。通りを渡る気にもなれず、二人は浅草をめざして歩き出した。

「チャップリンさんは結びまで見ずに帰《けえ》りやしたが、芝居《しばや》にでも回ったんでしょうかね」

「天下のおのぼりなんだから、相撲のあとは芝居だろう」

「六代目は風邪《かざび》っ引きでしてねえ」

「わかりゃしねえよ。しょせん稼業ちげえのお国ちげえさ」

「ああ、もっともだ」

親分が羽織の袂から懐中時計を取り出した。五時三十分。梅園のあんみつよりも、やっぱり前川の鰻だろう。

案外なことに、永田町の首相官邸には警官も憲兵も見当たらなかった。

世の中に下剋上《げこくじょう》があってはならず、また人の上に立つ者が命を惜しんではならない

から、たいそうな警護を付けぬというのは道理であり道徳でもあるのだが、血盟団のテ

ロがあったばかりなのにこれではいかにも無用心であろう。

現にこうして、円タクに乗った刺客が堂々と車寄せに立っているのである。

肝だめしかもしれないという、花輪悟一の期待は裏切られてしまった。

「海軍大学校から参りました。緊急な用件で犬養閣下にお目通りしたい」

応対に出た執事に向かって、三上中尉は落ち着き払って来意を告げた。若い海軍士官

と陸軍生徒の五人は、どう見たところで奇妙な取り合わせである。執事の表情には疑念

のいろが浮かんだ。

一行は玄関脇の応接室に通された。首相の登場を待っている場合ではなかった。いく

ら無用心でも官邸の中に一人の護衛もいないはずはなかろうし、もし執事の機転で通報

されれば、警視庁も鳥居坂の警察署も、赤坂の憲兵隊もすぐ近くなのだ。

「総理はただいま、ご来客と会食中です。少々お待ち下さい」

執事の声は震えていた。刺客と断定はせぬまでも、はっきりと不穏を感じているのはたしかだった。犬養首相はきっと鷹揚《おうよう》な人物なのだろうと悟一は思った。来る者こばまずの性格が、刺客までも応接間に通す無用心になっているのだ。

「ただちに取り次いでいただきたい。急用なのです」

三上中尉の声は落ち着いていた。刻々と過ぎているはずの一秒が、まるで足踏みでもしているように長く感じられた。

きのう満洲朝鮮の長旅から帰ったばかりの悟一の心は、まだなかば大陸の風の中にあった。夢見ごこちのままだから、今おのれが置かれている現実を理解できずにいた。

悟一はさりげなく軍袴《ぐんこ》の物入れに手を伸ばした。安全装置をはずした小型拳銃の、たしかな感触があった。けっして夢ではない。

この拳銃の弾丸で、犬養首相が命を奪われる理由を悟一は胸の中で復唱した。将校たちが口々に言っていたことだ。満洲を追われた奉天軍の倉庫の中から、犬養毅と署名された大金の領収書が発見されたという。つまり張学良《ちょうがくりょう》から賄賂を受け取っていたというわけだ。だが考えてみれば、誰もそんな証拠品を確認したわけではないのだから、噂や風説の類《たぐ》いに過ぎぬ。

理由などどうでもよいのだ。何もかも破壊するための起爆装置になるのなら、噂でも風説でもいっこうに構わない。

だとするとこの行動はやはり、満洲や上海の事変に参加できぬ軍人たちの、ヒステリーに過ぎぬのではないのか。首相や重臣を殺し政友会本部を襲い、変電所を破壊して帝都を闇にするという計画は、どう考えてもお粗末だった。軍人たちの得体の知れぬ忿懣《ふんまん》と、映画も自由に観ることのできぬ鬱屈《うっくつ》とが、暴力に変わっただけではないのか。

後藤は何を考えているのだろう。長椅子に並んで座る軍袴の太腿《ふともも》に、膝をぶつけてみた。反応はない。熱に浮かされて同志を募ったこの士官候補生も、きっと後悔しているのだろう。国士たらんとする夢に陶酔して、軍人としての未来を鎖《とざ》してしまった。二カ月後には士官学校を晴れて卒業し、陸軍将校となるべき予定が、どう軽く見積もっても退校処分、へたをすれば銃殺刑だ。

この現実に目覚めてみれば、まったく結果の知れ切った話であるのに、後藤も自分もほかの候補生たちも、まるで他人事《ひとごと》のように考えていたのはどうしたことなのだろう。満洲や朝鮮の戦跡を訪れて、感心もし感動もし、しきりにメモを取ったり意見を開陳し合ったりした連中は、みな同じ顔をした別人だったのか。

「首相はどこだ！」

玄関から大声が聞こえた。官邸の内外に足音が乱れ、何発かの銃声が轟《とどろ》いた。裏門から入った一隊のしわざであることはわかった。

三上中尉の後を追って、悟一と候補生たちは応接間を駆け出た。

「探せ」

口々に叫びながら、九人の刺客は広い首相官邸の中に四散した。

「やあ、コーノさん。こちらにおいででしたか」

坪庭に面した濡れ縁で莨《たばこ》を吹かしていると、白井検事総長に肩を叩かれた。

「他人《なめえ》の名前で呼ばれてても、ピンと来やせんやね。こちとら兄ィとちがって、ペテンには不慣れなもんで」

松蔵は小声で答えた。

「どうしてどうして、君までが一緒にやってきたときはびっくりしたが、誰もが秘書のコーノ君だと信じて疑いもしておらんよ。ところで、本物のコーノ君は」

「そりゃあ決まってるでしょう。今ごろは帝国ホテルで、相撲を見てえの芝居にも行きてえのと駄々を捏ねるチャップリンを、なだめすかしていますよ」

ずいぶん齢は食ったが、相変わらず肌の色は外国人のように白い。おしろいの通り名は老いぼれて死ぬまで返上することはなかろう。

「それにしても、常次郎は大したものだね。君が一緒でなければ、私ですらご本人だと信じるところだった」

「俺がいたって、何ができるわけでもござんせん。たぶん、おしろいの旦那にチャップリンじゃあねえてえことを、お伝えするために連れてきたんでしょうよ。そんなことより旦那、いくら何だってちょいと悪だくみが過ぎやしませんかい」

「何だね、悪だくみとは人聞きが悪い」

松蔵はおしろいの顔を睨みつけながら、莨を勧めた。「いや、私は喫《の》まん」と、おしろいは冷ややかに言った。

「物を言わねえ百面相に代わって言わせていただきやすがね。真向から手錠《ワッパ》を打てねえもんで、テロに巻きこんじまおうてえところまでは、まあわからんでもありやせん。したっけ、犬養さんが危ねえとわかっていながら、満足に護衛もつけねえってえのは、いってえどういう了簡《りょうけん》なんですかね」

おいおい、とおしろいは宥《なだ》めるように松蔵の背を叩いた。

「それは君、考えすぎというものだよ。犬養閣下は常日ごろから、余分な警護は無用とおっしゃっている。一国の総理が国民を信用せずにどうする、国民から選ばれた政治家ではないのか、とね。いやはや、憲政の神様とはよくぞ言ったものだ。閣下がそうおっしゃるのでは仕方がないにしても、チャップリン氏に万一のことがあったのでは、仕方ないではすまされまい。さまざまの情報を綜合すれば、この五月十五日は危い。官邸に格別の警護は付けられぬ。となれば、常次郎に一肌脱いでもらおうというのは名案だろう」

「喜劇王の命より、百面相の命のほうが軽い、とおっしゃるんで」

おしろいは言葉を選んだ。藤色に昏れなずむ坪庭の空を見上げ、空咳《からせき》をひとつしてからきっぱりと言った。

「重いはずはなかろう。尻尾は摑《つか》ませぬが、しょせんはペテン師だ」

やはりおしろいは、常兄ィに喧嘩を売ったのだ。

「言っときますがね、旦那。常兄ィは何も世のため人のためと思って、この命のかかった大仕事を引き受けたわけじゃありやせん。売られた喧嘩を買っただけです」

「ほう。私が喧嘩を売った、と。いよいよ考えすぎだよ、君。万が一の備えとして、常次郎にお願いしただけだ」

「万が一でも、人は死にやすぜ」

そのとき、官邸の畳廊下を伝って銃声が轟いた。

「何ごとだ」

慌《あわただ》しく行き来する私服警官に向かって、おしろいは訊ねた。

「暴漢です。海軍の将校が玄関先で発砲いたしました」

「総理を護れ」

「しかし、閣下はお会いになると言って聞きません。会って話し合う、と」

官邸の正面はいかめしい洋館だが、その裏続きは平屋の住居区域になっていた。犬養首相と常兄ィ扮するチャップリンが食事を摂っているのは、本館に近い十五畳の座敷である。

おしろいと松蔵が駆け出すとじきに、座敷の襖《ふすま》が開いて総理の小さな体が廊下に現れた。老いてはいるが、すっくりと背の伸びた立ち姿に、松蔵は気圧《けお》された。

「白井君。手出しは無用だ。話せばわかる」

この人は死ぬつもりなのだと、松蔵は思った。いや、いつ死んでもよいという心積りがあって、今そのときが訪れたのにちがいなかった。

首相とおしろいがほんの少し問答をする間に、松蔵はなぜか安吉親分の言葉を思い出した。

（いいか、松。死にてえっていうのと、いつ死んでもかまわねえってえのは、大ちげえなんだぜ。そのちげえがわかりゃあ、おめえも一丁前の男だ）

今、松蔵の目の前にいる小さな老人は、その言葉の権化だった。

「ところで、コーノさん」

と、総理は立ちすくむ松蔵を顧みた。

「あのお方がどなたかは存ぜぬが、ともかくすばらしい芸人さんだ。御身に万一のことがあっては大変だから、さっさとお逃げなさい。よろしいか、すぐにだよ」

ほの暗い廊下の先に、拳銃を提《ひっさ》げた暴漢が現れた。

「いたぞ、いたぞ！」

大声で呼ばわる海軍士官に向かって、首相は閑《のど》かに聞こえる声で言った。

「まあ、急ぎなさんな。引金はいつでも引けるのだし、靴を脱いで話をしようじゃないか。どのようなことであれ、話してわからぬはずはない」

「問答は無用だ」

同じ叫び声がいくつも重なった。

「諸君らはそうであっても、私はその問答が商売なのだよ。さあ、話し合おう」

首相の静かな声が、目の前の暴漢に対してではなく、矛を収めぬ軍隊と物騒な世間に向けられているような気がした。けっして暴力を許そうとはしない、この人はやっぱり憲政の神様だ。

首相は畳廊下を少し歩いて座敷に入り、暴漢たちに向かって招くように手を振った。士官学校の制服を着た候補生が、人々の間をすり抜けて駆け寄ってきた。顔色は蒼白だが、ほかの将校たちのような害意は感じられなかった。

「チャップリンを、逃がして下さい」

松蔵の首を摑み寄せて、その士官候補生は声を絞った。

「自分がお護りします。早く」

松蔵は食堂の襖を開けた。十五畳の座敷には絨毯が敷かれ、賓客のためのテーブルが据えられていた。

「護衛なんざいらねえよ。みっともねえ」

チャップリンの面相のまま、シャンペンをくいと空けて常兄ィは言った。

「松、ぼちぼち退散しようぜ。俺の出番は終《しめ》えだ」

身を翻したと思いきや、常次郎の背中は裏廊下の闇に消えた。

裏庭の玉砂利を蹴散らして、松蔵は走った。

「兄貴、靴を忘れちまった」

「なに寝呆《ねぼ》けたこと言いやがる。足の裏と命のどっちが大事《でえじ》だ」

銃声が聞こえた。二人は池を巡《めぐ》って裏門から飛び出し、いつの間にかそらとぼけたように昏れてしまった夜道を、溜池《ためいけ》の三叉路《さんさろ》に向かって駆けに駆けた。

流しの円タクを摑まえて飛び乗った。

「ところで常兄ィ、犬養閣下に正体をバラしたんですかい」

背広のポケットから手拭とアルコール瓶を取り出し、常兄ィは化粧を落とし始めた。

「そんなはずはなかろう。ご苦労な通訳もいたし、秘書官だってボーイだってウロウロしてるんだぜ。第一《でえいち》おめえ、芸人が舞台でネタをバラしてどうすんだ」

「でも、犬養さんはご存じでした」

え、と常兄ィは額を拭う手を止めた。

「おしろいの野郎か」

「いや、そうじゃねえって。見破られてたんだ」

思い当たるふしでもあったのか、常兄ィは腐った溜息を洩らした。

「その先は聞かせてくれるな。俺にァ俺のプライドてえのがあるんだから。アー、それにしても、俺ァまだまだ素人なんだなな」

「いや、そうじゃあなしに、相手が悪かったんだよ」

円タクが官邸下の坂道を駆け上がって行くとき、大きな銀杏《いちょう》の木の下で挙手の敬礼をする、士官候補生の姿が見えた。

天切り松は息を入れて茶を啜った。

「妙なもんだの。俺っちァ大手を振ってお天道様《てんとさま》の下を歩けねえ盗ッ人稼業だが、いつだってこんな具合に、世間を揺るがす大騒動に巻きこまれた。まあそれも、安吉親分のご人徳のうちだがの」

話が一段落ついたのに、誰も立ち去ろうとはしない。どうにもこれで終わりとは思えぬのである。

「ええと、おしまいかね」

間の長さにしびれを切らせて、署長が訊ねた。

「さて、どうするか」

「とっつぁん、殺生なことは言うなよ。終わりじゃないんだろう」

すると天切り松は、若い刑事にタバコの火先を向けて言った。

「おう、そこの若えの。話のとっつきはいってえ何だったかの。どうも齢を食うと、そのあたりの肝心かなめを忘れちまう」

刑事は少し考えねばならなかった。どこからこの話が始まったのだろう。

「ああ、近ごろの芸人は芸がない、というところからです」

天切り松は膝をぽんと叩いた。

「そうだ、そうだったな。ようやく話がひっついたぜ。俺っちがあれやこれやと騒動に巻きこまれたのァ、むろん安吉親分のご人徳も大きいが、手下《てか》のひとりひとりがみんな芸達者だったからさ。仕立屋銀次が跡目とまで言った中抜きの名人、目細の安吉。正面切っての押しこみ強盗、人呼んで説教寅。玄《げん》の前の女掏摸《スリ》、振袖おこん。俺に天切りの技を教《おせ》えてくれた、黄不動の栄治《えいじ》。そして百面相の書生常。まあ、俺なんざァみそっかすの使いっ走りだが、これだけの芸人が揃えば、かかわらずにおられねえ話がいくらもあるのァ当たり前《めえ》さ。さて――気を持たせるのもてえげえにしようかい」

などと言いながら、天切り松はおもむろに饅頭《まんじゆう》をかじり、冷えた茶を熱いもののように啜りこんだ。

掛時計の針は、すでに零時を回っている。天切り松はようやく話の下げを語り始めた。

「首相官邸の大騒動から一目散に逃げ出した俺と常兄ィが、戻ったところは内幸町の帝国ホテルライト館。犬養閣下のご災難はさておくとしても、チャップリンもやつらの的だてえことはわかった。おしろいに売られた喧嘩は買うにァ買ったが、どっこい野郎の絵図通りにはなるもんか。ざまあみやがれと逃げ出したはいいものの、余勢を駆った暴漢どもが帝国ホテルに殴りこみやがったらどうする。ともかく安心できる場所に隠れていただこうと、かくかくしかじか支配人に訊ねてみれァ、たまげるじゃあねえか、チャップリンさんならお忍びで、両国の国技館までハッケヨイを観にいらしたって、野郎ッ、身代わりを土俵の上に立てといて、てめえは砂っかぶりでご観戦かよ。秘書のコーノも使えるようで使えねえ。結びの一番はとうに終わった。今ごろはどこで何をしてるのか、よもや風邪っ引きの六代目でもご覧になってるんじゃあありますめえの。すると支配人は、コーノさんがおっしゃるにァ、六代目の風邪っ引きは先刻承知、だったら芝居は本《ほん》復《ぷく》されてから見るとして、きょうは浅草まで伸《の》さにゃならねえ用事がある、と。何だって、浅草六区と聞けァ、思い当たるフシがねえでもねえ。ゆんべおこん姐御が持ちこんできた寅兄ィの浪花節は、コーノの耳にも入《へぇ》っていたはずだ。何をなさるかは知らねえが、てて親を兵隊に取られた娘に、チャップリンが御みずからお声をおかけになるなんてえ場面は、映画の中だけで沢山だ。それどころじゃああるめえ、日本文化の敵チャップリンを、すんでのところで取り逃がした暴漢どもが、チャーリーはどこだと東京中を探し回っているかもしらねえじゃあねえか。常兄ィは支配人の差し出したスリッパをつっかけると、たちまち玄関からすっ飛び出て、折あしく車寄せに入った黒塗りのパッカードから、どこのお殿様か伯爵様かはしらねえが、奥方もろとも引きずり出して、四の五の言わずに車を出しやがれと、憐《あわ》れな運転手を怒鳴りつける。無礼者ッ、名を名乗れとお殿様。すると常兄ィは、青いソフトの庇《ひさし》をつまんでへへへっと笑い、こいつァご無礼をいたしやした、あっしァ目細の安吉が身内、人呼んで百面相の書生常てえ、ケチな野郎でござんす。名乗ったからにァ無礼もへちまもあるめえ、文句はござんすめえの。キャー、と娘みてえな声を上げて興奮しなすったのァ奥方様、好きになさい勝手になさいと拍手までするもんだから、たちまち夜風を切って走り出したるパッカード。いいか運ちゃん、赤信号は片ッ端から乗り打ちだ。したっけ播州《ばんしゅう》赤穂《あこう》までとはまさか言わねえ。行先は浅草六区の帝国館、駄賃ははずむぜ――」

六

赤信号は無視しても、広小路や浅草通りに張られた非常線まで突破するわけにはいかなかった。

貨物も自家用車も円タクも、運転手まで下車を命じられて車内の隅々からトランクの中まで調べられた。

「松平伯爵閣下のお車に、執事の本多さんと村田さん、ですね。身分証明等はお持ちではない、と。で、ご用向きは」

貴顕の車と聞いて、さすがに言葉遣いは改まったが、巡査の質問は執拗《しつよう》だった。こうしたときにも常兄ィの応対はたいしたもので、誰がどう見ても年季の入った華族の家令である。

「きょうは一日、大宮御所に伺って気が張り通しでございましたから、御前《ごぜん》と奥方様は帝国ホテルでお休みでございます。お許しを頂戴いたしまして、手前どもは浅草で映画でも観ようかと、お車もお借りいたしました。ずいぶんな騒ぎでございますが、何か事件でも」

巡査は事件の内容を口にしなかった。浅草通りの東に目を向けて、「いけませんなあ」と言った。

松蔵は異変に気付いた。少し先の菊屋橋の十文字のあたりから、市電が数珠つなぎに止まっているのである。ここまで来れば夜空を押し上げて見えるはずの浅草の灯も、闇に沈んでいた。

「向島《むこうじま》の変電所に爆弾が投げ込まれましてね。浅草は全域にわたって停電なんですわ。市電も地下鉄も止まっちまってますし、とても映画どころではありますまい」

「さようでございますか。いやはや、何が起きたかは存じませんが、近ごろの乱暴者にも困ったものですな。しかし、御前から承っている買物もございますので、停電だろうが何だろうが行くだけは行ってみましょう」

再び車に乗って走り出すと、歴戦の輜重《しちょう》あがりと見える屈強な運転手が、怖気《おぞけ》をふるって言った。

「ええ、書生常の親分さん」

「何だえ」

「いったい暗闇の浅草で、何をなさるおつもりなんでしょう。そりゃあ、天下に名高いおまえ様に使っていただいて、冥土《めいど》のみやげ話にはなりますがね、何もわからんまま蜂の巣にされた日にァ、いくら何でも後生《ごしょう》が悪い」

本願寺から先は、漆黒の闇である。まるで深い沼の底に沈むように、車はのろのろと走った。

「まあ言われてみればもっともな話だが、たまたま俺の鼻ッ先《つあき》に車を置いちまったおめえが悪い」

「そんな身も蓋《ふた》もないことを。もう駄賃なんて要りませんから、帰しておくんなさい」

「そうはいかねえ。奥方様だって好きにお使い勝手にお使いと、おっしゃって下すったじゃねえか」

「そりゃ奥様は、御一党の大ファンでいらっしゃいますから」

「ほう。おめえはちがうのかい」

「こう見えたって大正の生まれでございますよ。お噂ぐらいはかねがね存じ上げておりますけれど」

「ふうん。つまらねえの。そしたら、チャップリンはどうでえ」

「チャップリン。そりゃあもう、大の上に大の字の付くファンでございますとも。きょうだって御前が帝国ホテルにお泊まりになるっておっしゃるから、もしや一目でも拝めるんじゃないかと。それが、何でまたあんたらを乗っけておっかない目を見なきゃならないんですかね」

「よおし。そういうことなら運ちゃん。帰りにはこの席に、チャップリンを座らせてやろう。百面相が化けるんじゃねえぞ。正真正銘の、チャールズ・チャップリンだ」

聞いたとたんにウンでもヒャーでもなく、パッカードは疾風《はやて》のように走り出した。

その夜、ひとけの絶えた六区の帝国館で、松蔵は奇跡を見た。

百目蠟燭の淡い光が、真白な漆喰《しっくい》の丸天井を、いっそう白く塗っていた。緋羅紗《ヒラシャ》の座席に座る客は、おかっぱ頭の少女がひとりきりだった。そのくせステージの前のオーケストラボックスには、いつもと同じ楽団が勢ぞろいをして、聞き憶えのない美しくやさしい弦楽を奏でていた。

「何て間《ま》のいい野郎どもだ。今から始まるぜ」

常次郎と松蔵が厚い扉を押して中に入ると、後ろの壁に張りついたまま、親分が言った。

「いってえ、どうなってるんで」

さすがの常兄ィも、この段取りばかりは予想もしていなかったらしい。

「知るかよ。俺も寅弥も、つい今しがた入ったばかりだ」

親分の脇で腕組みをしたまま、

「俺っちァ客じゃあねえんだ。黙って拝見しようじゃねえか」

と、寅兄ィが言った。

まさかとは思う。だがもしこれが、チャップリンの誂《あつら》えた舞台だとしたら、その人は喜劇王でも大スターでもない。きっと夜空の高みから人間のなりをして舞い降りた、神様か天使なのだろう。

「あのう、私もよろしいでしょうか」

扉を細く開けて、運転手がいかつい顔を覗《のぞ》かせた。松蔵はその腕を握って引きずりこんだ。

「おとなしくしてろよ、冥加《みょうが》な野郎だ」

オーケストラの音楽が少し静まった。すると舞台の端から、よれよれの背広に大きな革靴を履いた、おなじみの「酔いどれ先生」が登場した。

チャップリンだ。

松蔵は思わず、常兄ィの肩を掴んだ。百面相はここにいる。あれは本物の、チャーリー・チャップリンだ。

拍手を送ったのは、まんまん中の席にぽつんと座る少女だけだった。親分も寅兄ィも常兄ィも、呆《ほう》けたように立ちすくんで舞台を見つめていた。

美しくやさしい弦楽に合わせて、チャップリンの道化が始まった。少女の笑い声が丸天井に跳ね返った。こらえ切れずに、みんなが声を立てて笑った。

「おい、運ちゃん。見ねえのかよ」

冥加な運転手は、ひとりだけ顔を俯けて泣いているのである。

「私ァ、とっても見られません。こんな果報があるもんか。生きててよかった」

運転手は顔を上げて笑い、また俯いて泣きじゃくった。忙しい野郎だが、こいつは根っからのファンなのだろう。

　音楽がひときわ高鳴った。とたんに、漆喰の天井や壁が真白に照り上がった。電灯がついたのではない。舞台の縁から、一列の純白の光が燃え立ったのだった。まるでフランスの画家が描いた踊り子のように、足元から照り上がる光の中を、チャップリンは舞い続けた。

　寅兄ィが言った。

「れえむれえとだ。松公、これがせんに話した、れえむれえとだぜ」

　ライムライト。電気のない時代に、ステージを照らし上げた石灰の輝きである。その色は雪のように白く、月明りのようにたおやかで、磨き上げた銀の皿のように光り輝いていた。

　からっぽの満場に投げキッスをしたあと、チャップリンは酔いどれ先生のふりのまま、ちょこちょこと歩いて袖の階段を降りてきた。

　少女に一輪の薔薇《ばら》を手渡し、目の高さに抱き上げて頰《ほお》ずりをする。しばらくの間、少女はチャップリンの首にしがみついていた。

　舞台は終わった。少女の手を引いて、チャップリンは客席の通路を歩いてきた。常兄ィと握手をかわすチャップリンの顔が、悲しげに見えるのは化粧のせいだろう。

　二言三言、英語で立ち話をしたあと、チャップリンは観客席から出て行った。

「聞いておくんねえ、親分」

常兄ィはチャップリンの言葉を声にした。

「どうやらご本人は、今しがたの芸には満足しなかったようです。こんなことをおっしゃってましたぜ――私は素人です。一生素人です。たぶん、素人のまんま終わるんでしょう、と」

親分は少し考えこむふうをし、それから片付けを始めたオーケストラボックスに、細い目を向けた。

「謙《へりくだ》っていなさるわけじゃあるめえ。本物の芸人てえのは、そんなもんだぜ」

秘めやかなステージがはねるのを待っていたかのように、六区には光が戻っていた。世間の騒動などは悪い夢としか思えぬ、うららかな春の晩である。果報者の運転手が最敬礼でパッカードのドアを開けると、チャップリンは酔いどれ先生の顔を山高帽で隠しながら、座席に転がり込んだ。

「余計なことをいたしましたかな。うちのおやじは、言い出したら聞かんもので」

みごとな演出をしたにちがいない本物のコーノが、松蔵に囁きかけた。

「いいえ、余計なことだなんて――」

「おやじが納得していないのは、本当ですよ。僕は舞台の袖から見ていたんですがね。あの子、それほど嬉しそうじゃなかった。おそらくあの子が会いたいのは、チャーリーじゃないんでしょう。どんなに人を笑わせたって、いっときの娯楽でしかない。悩み苦しみまでは手が届かないから、自分を素人だと言い続けるんです。本音なんですよ、あれは」

コーノが座席に収まると、パッカードは六区のネオンサインを屋根に背負って走り出した。

テールランプが遠ざかってゆく。いったい何て長い一日だったのだろう。

「よかったな、映子ちゃん。チャップリンさんはおめえひとりに、芸を見せてくれたんだぜ」

寅兄ィは少女の顔を懐に引き寄せて言った。

「ありがとう、おじさん。でもね――」

「でも、何でえ」

「でも――おとっちゃんが映すチャップリンさんのほうが、ずっとすてきで、ずっとおかしいよ」

とたんに寅兄ィは、ネオンの瞬く六区の夜空を見上げて「あー」とどうしようもない声を上げた。

「きょうてえきょうは、さすがの俺もくたびれた。どうです、親分。前川の鰻でも食って精をつけませんかい」

常次郎は親分の答えを待たずに、七色の光の中を歩み出していた。

解　説

水谷　豊

「天切り松」は僕の宝――。浅田次郎さんの言葉である。

浅田さんが宝とまでおっしゃる「天切り松」の解説ができるとはなんと幸せな、と感じる一方で、どうして引き受けてしまったのだろう、とも思ってしまう。

幸せだ、というのは「天切り松」が俳優としてのぼくに合っていると考えてもらえたのではないか、と勝手に思い上がった気持ちになれるから。後者に関しては、俳優の仕事もあとになってなぜ引き受けてしまったのかと頭を抱えることが多いので、単純にぼくが億劫がりな性格だからだろう。

それにしても俳優とは、純粋に本が読めない職業だ。登場人物それぞれのキャラクターをイメージして、いちいち声色を変えて台詞を読むのである。だからイメージが浮かんでこないとなかなか先に進まない。こうなったら厄介だ。

たとえば「天切り松」の六尺四方に聞こえる程度とは、果たしてどれくらいの声量なのか試しに口にしてみる。

「昭和七《しち》年五月といやァ、ここにおいでのみなさんは、ただのひとりも生まれちゃいめえ。だからと言って嘘八百を並べやしねえぞ」――からはじまる長台詞を十分味わって、六尺四方を確認して声に出して読んでみてから、ようやく先を読み進むことになる。だから、本は自室にこもって読むに限る。

チャップリンの映画『ライムライト』が製作されたのは、一九五二年。偶然にもぼくが生まれた年でもある。チャップリンには、とても深い思い入れがある。小学生高学年のとき、偉人伝の感想文を書く国語の授業があった。野口英世、二宮金次郎、エジソン……。多くの生徒は、そのような人たちを書いていた。けれど、ぼくが選んだのはチャップリンの伝記だった。チャップリンを書いたのは、もちろんぼくひとり。彼の生い立ちを知ったぼくは、子供心にコメディ的な動きのなかに時折垣間見える寂しげな表情の意味を感じていたのである。だからぼくにはとてもよく分かるのだ、第六夜「ライムライト」に登場する陸軍士官学校の生徒花輪悟一のチャップリンを崇拝する姉が、チャップリンのすばらしさを語るときに涙する気持ちが。

昭和七年五月一五日つまり五・一五事件当日。来日したチャップリンと犬養毅首相との会食が予定されていた。しかし軍の一部がクーデターを目論んでいるという。そこに安吉一家のみなさんがそれぞれの持ち味を遺憾なく発揮して絡んでいく。この物語こそが歴史的真実なのではないかと思うほど現実味がある。圧巻は、応召して戦地にいる映写技師の娘・一〇歳ぐらいの映子ちゃんとチャップリンの触れ合い。そしてチャップリンが去ったあとに映子ちゃんが放つ一言。まさに浅田文学ここにあり、である。

浅田さんの小説はもちろんフィクションである。しかし笑ったり、泣いたりしながら読み進めると、いつのまにか別次元の真実にたどり着いている。別次元の真実に連れて行ってほしくて、ぼくらは浅田作品を読み続けているのではないかと思う。

浅田さんとは『王妃の館』の映画化がきっかけで何度かお目にかかった。宣伝プロモーションで雑誌やテレビの対談などでもご一緒した。長年のファンであるぼくにとっては、至福の時間だったことはいうまでもない。浅田さんは一九五一年生まれ。同世代である浅田さんとの会話はとても楽しい。

「浅田さん、ぼくたちの年代になってギャグを言うと親父ギャグなどと言われてしまう。若い頃と同じことを言っているつもりなのに……」とぼくは不満そうに言った。

「ギャグも年を取っているんですよ」

浅田さんの言葉に、ぼくたちは互いに笑い合った。

振り返ると、ぼくがこれまで読んだ小説のなかでもっとも好きなユーモアがあったのはほかでもない浅田作品だった。短編集『草原からの使者』に収められている「星条旗よ永遠なれ」。かつてマッカーサーとともに日本に駐留した退役軍人の老いと夫婦愛をバカバカしくも切実なシモネタとして描いた小説だ。読んだ後、しばらく笑いが止まらなかった。あまりのおかしさに友人たちにも聞かせたほどだ。

そういえば、寅兄ィが「ライムライト」を「れえむれえと」と言ったときにも思わず笑ってしまった。松蔵と寅兄ィの掛け合いを、声色を変えてひとり読んでいるぼくが笑っているのである。人には決して見せられない姿に違いない。笑うだけではなく、浅田さんの小説にはよく泣かされた。浅田作品こそ、自室にこもって読むに限る。

『天切り松読本　完全版』で浅田さんはこのようにおっしゃっている。

〈芸術は太古から人類社会の根幹であり、いわば人間を人間たらしむる生活必需品である〉

しかしとかく芸術と名のつくものは、人々の生活から離れたところに位置している気がする。日本はとくにそうなのではないか。パリやニューヨークの美術館では、フラッシュさえ焚かなければカメラで撮影しても咎められない。客たちが行き交うなか、学生たちが座って自然に写生をしている。芸術を特別視している日本の美術館ではとても許されない風景だ。

「ライムライト」でチャップリンは言う。「本来は庶民の娯楽であるべき芸術に、主義や主張があってたまるものですか」と。

浅田さんの小説こそが、生きて生活する人間そのものを表現していると感じる。人間が本能的に生きられる社会は、ある意味では理想である。しかし現実では社会的に生きようとすればするほど、本能を殺さなければならない。本能と社会。この相反する二つのあいだで人は人としてせめぎ合い、悩んで日々を送っているのではないか。

だからこそ「天切り松　闇がたり」なのだ。

安吉一家のみなさんは、確かに反社会的な存在ではある。反社会的で本能的に生きているのだけれど、その本能的な生き様が、実は社会的な生き方なのではないかと気づく瞬間がある。そう、ぼくは安吉一家のみなさんに教えられた気がする。

本能的な生き方こそが、本来、社会的なのだ、と。

そして、安吉一家のみなさんと親しくなってくると……いや、こちらが一方的にそう感じているだけなのだけれど、会えるものなら会ってみたいと願うほどその魅力に取り憑かれてしまう。

本書に収録されたのは六夜（六編）。先が気になって一晩で読みたくなってしまう気持ちはよく分かるが、一夜で読み切ってしまうのはなんとももったいない。せっかく六夜に分かれているので、一夜ずつゆっくり味わってほしい。同時に浅田さんご自身もおっしゃっている全ストーリーの要といえる「銀次蔭盃」は第三巻に収録されている。できるだけ早く読むことをお勧めする。ここで内容に触れるのは無粋な気がするので、あえて触れない。けれどこれもまた、たまらない一編である。

安吉一家の魅力に憑かれたのはぼくだけではないはずだ。十八代目中村勘三郎さんも同じ気持ちだったのではないかと思う。

『天切り松読本　完全版』に浅田さんと勘三郎さんの対談が収録されている。お二人は江戸と歌舞伎について、はしゃぎ、輝き、まるで夢を見る少年のように語り合っている。読んでいるこちらも一緒に楽しくなってしまう。

ぼくが勘三郎さんとお目にかかったのは、最期の入院のわずか数日前。飯倉（東京都港区麻布地域）のレストランでばったりお会いして、近々食事しましょうという話になった。しかしその約束が果たされぬまま勘三郎さんは帰らぬ人となってしまった。それがなんとも残念でならない。勘三郎さんとなら「天切り松」の話に花が咲いたはず。そして二人でどちらが誰の役をやるか話し合ったり、互いに譲り合えずに役を取り合ったり……満開の花が咲いていたに違いない。

俳優としてのぼくの理想をいえば、世間の顰蹙を恐れず、粋に過ごし、どんな役をやっていても自分らしくあり、ユーモアを忘れず、決して過分ではない情を備えていること、となる。浅田さんの小説は、これらをすべて兼ね備えている。つまり浅田作品はぼくにとっての理想なのだ。

最後に、ひとつ訂正しておきたいことがある。

冒頭〈俳優とは、純粋に本が読めない職業だ〉と書いた。けれど違う気がしてきた。すべての俳優が、登場人物のキャラクターごとにいちいち声色を変えて台詞を読んでいるとは思えない。そんな俳優はぼくだけかもしれない。だから〈ぼくは、つくづく純粋に本が読めない人間だ〉に変えておきたい。それにしても、こんなに台詞を口にしたくなる小説は珍しい。ほかでは決して味わえない浅田文学に心から、か、っ、ち、け、ね、え――ありがたい気分になる。

（みずたに・ゆたか　俳優）

初出

男意気初春義理事　「小説すばる」二〇一一年一月号
月光価千金　「小説すばる」二〇一三年一月号
箱師勘兵衛　「小説すばる」二〇一三年九月号
薔薇窓　「小説すばる」二〇〇五年四月号
琥珀色の涙　「小説すばる」二〇一二年八月号
ライムライト　「小説すばる」二〇一〇年一月・二月号

この作品は二〇一四年一月、集英社より刊行されました。

取材協力　山川　徹

浅田次郎の本

王妃の館（上・下）

150万円の贅沢三昧ツアーと、19万8千円の格安ツアー。対照的な二つのツアー客を、パリの超高級ホテルに同宿させる!?　倒産寸前の旅行会社が企てたツアーのゆくえは……。

オー・マイ・ガアッ！

くすぶり人生に一発逆転、史上最高額のジャックポットを叩き出せ！　ワケありの三人が一台のスロットマシンの前で巡り会って、さあ大変。笑いと涙の傑作エンタテインメント。

浅田次郎の本

鉄道員（ぽっぽや）

娘を亡くした日も、妻を亡くした日も、男は駅に立ち続けた――。心を揺さぶる〝やさしい奇蹟〟の物語。表題作をはじめ、8編収録。第117回直木賞受賞作。

活動寫眞の女

昭和44年、京都。大学新入生の僕は友人と太秦映画撮影所でアルバイトをすることになった。その友人が恋に落ちたのは30年も前に死んだ女優の幽霊だった……。青春恋愛小説の傑作。

集英社文庫

浅田次郎の本

天切り松　闇がたり

第一巻　闇の花道

冬の留置場で、その老人は不思議な声音で遥かな昔を語り始めた……。時は大正ロマンの時代。帝都に名を馳せた義賊がいた。粋でいなせな安吉一家の物語。傑作シリーズ第一弾。

天切り松　闇がたり

第二巻　残　侠

ある日、安吉一家に現れた時代がかった老侠客。幕末から生き延びた清水一家の小政だというのだが……。表題作「残侠」など、帝都の闇を駆ける義賊一家のピカレスクロマン第二弾。

集英社文庫

浅田次郎の本

天切り松　闇がたり
第三巻　**初湯千両**
シベリア出兵で戦死した兵士の遺族を助ける説教寅の心意気を描く表題作他、時代のうねりに翻弄される庶民に味方する、目細の安吉一家の大活躍全6編。痛快人情シリーズ第三弾。

天切り松　闇がたり
第四巻　**昭和侠盗伝**
今宵、天切り松が語りまするは、昭和初期の帝都東京、近づく戦争のきな臭さの中でモボ・モガが闊歩する時代。巨悪に挑む青年期の松蔵と一家の活躍を描く5編。傑作シリーズ第四弾。

集英社文庫　目録（日本文学）

秋元康　恋はあとからついてくる
秋山裕美・山口マオ　元気が出る50の言葉
芥川龍之介　地獄変
芥川龍之介　河（かっぱ）童
阿久悠　無名時代
朝井まかて　最悪の将軍
朝井まかて　類
朝井リョウ　桐島、部活やめるってよ
朝井リョウ　チア男子!!
朝井リョウ　少女は卒業しない
朝井リョウ　世界地図の下書き
朝井リョウ　発注いただきました！
朝倉かすみ　静かにしなさい、でないと
朝倉かすみ　幸福な日々があります
浅暮三文　百匹の踊る猫　刑事課・亜坂誠 事件ファイル001
浅暮三文　無敵犯　刑事課・亜坂誠 事件ファイル101

浅暮三文　困った死体
浅暮三文　困った死体は瞑《ねむ》らない
浅田次郎　鉄道員《ぽっぽや》
浅田次郎　プリズンホテル 1 夏
浅田次郎　プリズンホテル 2 秋
浅田次郎　プリズンホテル 3 冬
浅田次郎　プリズンホテル 4 春
浅田次郎　闇の花道　天切り松 闇がたり 第一巻
浅田次郎　残侠　天切り松 闇がたり 第二巻
浅田次郎　初湯千両　天切り松 闇がたり 第三巻
浅田次郎　活動寫眞の女
浅田次郎　王妃の館（上）（下）
浅田次郎　オー・マイ・ガアッ！
浅田次郎　サイマー！
浅田次郎　昭和侠盗伝　天切り松 闇がたり 第四巻
浅田次郎　ま、いっか。

浅田次郎　あやし うらめし あな かなし
浅田次郎　終わらざる夏（上）（中）（下）
浅田次郎・監修　天切り松読本 完全版
浅田次郎　椿山課長の七日間
浅田次郎　つばさよつばさ
浅田次郎　アイム・ファイン！
浅田次郎　ライムライト　天切り松 闇がたり 第五巻
浅田次郎　世の中それほど不公平じゃない　最初で最後の人生相談
浅田次郎　帰郷
浅田次郎　パリわずらい 江戸わずらい
浅田次郎　竜宮城と七夕さま
阿佐田哲也　無芸大食大睡眠
麻布競馬場　この部屋から東京タワーは永遠に見えない
芦原伸　へるん先生の汽車旅行　小泉八雲と不思議の国・日本
飛鳥井千砂　はるがいったら
飛鳥井千砂　サムシングブルー

集英社文庫

天切《てんき》り松《まつ》 闇《やみ》がたり　第五巻《だいごかん》 ライムライト

2016年 8 月25日　第 1 刷
2024年10月16日　第 3 刷
定価はカバーに表示してあります。

著　者　浅田次郎《あさだじろう》
発行者　樋口尚也
発行所　株式会社 集英社
東京都千代田区一ツ橋2-5-10　〒101-8050
電話　【編集部】03-3230-6095
【読者係】03-3230-6080
【販売部】03-3230-6393(書店専用)

印　刷　TOPPAN株式会社
製　本　TOPPAN株式会社

フォーマットデザイン　アリヤマデザインストア　　マークデザイン　居山浩二

ISBN978-4-08-745475-8 C0193